나와
마주하는
일

나와
마주하는
일

완벽하지 못한 내 몸을
사랑한다

김주원 지음

몽스북
mons

자신의 한계를 마주하는 모든 이에게

추천사

자발적으로 추방된 자가 되려는 발레리나 김주원 그리고 발레리나라는 이름의 무게를 넘어서는 또 다른 항해를 시도하는 인간 김주원이 모두 이 책에 있다.

읽는 내내 '참 징글징글하게 자신의 멱살을 놓지 않는구나' 싶은 마음이 들어 나의 지인 김주원을 안아주고 싶다가도 '이 사람 정말 오뚝이처럼 잘도 벌떡 일어나 다시 뚜벅뚜벅 걸어가는구나, 이 성격 나도 갖고 싶다. 진짜 부럽다.'는 생각을 하며 고개를 끄덕거린다.

무대 위의 밝게 쏟아지는 빛만큼의 그늘을 이고 지고

살아온 예술가 긷주원이 이 책 속에 수놓은, 좋은 발레

리나를 꿈꾸는 이들에게 던지는 말들의 온도가 뜨겁다.

이자람(소리꾼)

*

20년이 넘는 세월 동안 한 예술가가 멈추지 않고 자신의 허들을 뛰어넘는 모습을 나는 가까이서 목격했다. 때로는 힘겹게, 때로는 가뿐하게, 김주원은 매번 새로운 불완전함에 다가섰고 더 넓은 김주원으로 나아갔다.

그의 몸이 발레를 넘어 다양한 춤의 대지로 무르익는 모습은 독자에게 큰 영감을 준다. 편안을 불편해하는 마음, 연습 끝에 그 동작을 해냈을 때의 기쁨 같은 것들도.

그렇게 김주원이 몸으로 쓴 『나와 마주하는 일』은 적재적소에 멍 자국과 땀내가 '이븐even하게' 밴 거울 같은 책이다. '최선의 나로 사는 비밀', 높은 도약 아래 숨겨진 발레 장인의 치열한 사생활을 감상해 보길!

김지수
(『이어령의 마지막 수업』 저자, '김지수의 인터스텔라' 기자)

이 책은 온 마음과 온몸을 다해 진심으로 적어낸 김주원의 사랑 고백이다.

발레리나 김주원은 그녀의 몸짓을 통해 자신을 마주하고, 삶을 마주하고, 세상을 마주했다.

이토록 무언가를 열렬히 사랑할 수 있을까.

부디 그녀의 은빛 바다가 오래도록 반짝이길 바란다.

한예리(배우)

Prologue; 머물러 있지 않는 예술가

집 정리를 하던 언니가 USB를 건넸다. 엄마는 내가 데뷔한 때부터 지금까지 거의 모든 인터뷰와 다큐멘터리 등을 녹화해 보관하고, 공연하는 작품이나 연습 장면도 촬영해 보관하고 있었다.

오랜만에 동영상 속 스무 살의 김주원과 만났다. 앳된 김주원이 성숙한 척하며 인터뷰하는 모습을 마주할 수가 없어서 한참을 웃었다. 시간 순서대로 정리된 파일을 차례로 재생하다 보니 작품을 하나씩 끝낼 때마다 한 단계 한 단계, 생각도 몸도 많이 변해 있었다.

〈호두까기 인형〉, 〈지젤〉, 〈해적〉, 〈백조의 호수〉, 〈잠자는 숲속의 미녀〉, 〈레이몬다〉, 〈돈키호테〉, 〈로미오와 줄리엣〉 등 새로운 작품에 들어가 새로운 역할을 하게 되면 나는 작품에 푹 빠져 살았다. 모든 작품은 내가 넘어야 할 산이었다. 때로는 뒷동산을 거닐 듯 공연을 즐겼고, 때로는 산이 너무 높고 험해 좌절하기도 했다.

영상을 보니 완전히 잊고 지내던 시절의 기억이 새록새록 떠올랐다. 그렇게 1년, 2년, 3년, 5년, 10년이 지나면서 경험 없는 어린 발레리나의 몸은 여러 작품의 역사가 새겨진 강한 몸으로 변해 갔고, 어설프게 자기의 생각을 조합해 말하던 앳된 발레리나는 작품을 거듭할수록 가식 없이 솔직하고 담백하게 감정을 표현했다. 얼굴 젖살도 빠지면서 프로페셔널한 발레리나의 표정으로 변해 갔다.

연차가 어느 정도 쌓인 후에는 신기하게도 작품 하나

를 마칠 때마다 표정이 달라져 있었다. 새로운 작품을 만나고, 새로운 안무가의 언어를 익히면서 성숙해졌음이 한눈에 보였다.

선화예중을 거쳐 러시아로 발레 유학을 떠났고, 볼쇼이 발레학교는 내게 좋은 발레리나로 성장할 수 있는 영양분을 공급해 줬다. 그곳에서 나는 훌륭한 발레리나가 되기 위한 기능적인 부분은 물론이고 발레리나가 갖춰야 할 예술적 소양, 철학, 감각 그리고 마음가짐과 매너까지 익혔다. 음악과 미술, 문학을 비롯해 극장의 역사나 예술의 역사, 세계의 춤 등을 다양하게 배웠다.

볼쇼이 발레학교가 발레리나 김주원을 만들어준 곳이라면, 국립발레단은 발레리나 김주원을 예술가로 성장시켜 준 곳이다. 국립발레단은 스케일이 크고 개성이 강하며 무용수들의 창의성이 발휘될 수 있도록 정해진 틀 안에서도 자유로운 표현을 존중해 준다. 그리고 정제된 움직임과 섬세한 표현 등 클래식의 정수와 현대 발레의 창의적인 감성까지도 성장시켜 준다. 국립발레단에 소속되어 있었기에 세계 최고의 안무가들과 작업할 수 있었고 훌륭한 무용수들과 교류할 수 있었다.

러시아에서 배운 것이 토대가 되었다면, 국립발레단에서 접한 것들은 예술적으로 넓어지는 계기를 마련해 줬다. 국립발레단에 소속된 15년 동안 나는 깊어졌고, 나의 색을 찾았으며, 예술가로서의 철학을 쌓아가며 성장했다.

가장 혼란스럽고 젊고 뜨거운 시기를 발레단에서 보냈다. 당장 지구가 멸망한다 해도 괜찮을 것처럼 행복했던 순간과 당장이라도 죽을 것처럼 고통스러운 시간들이 교차했고, 나는 늘 언제 그랬냐는 듯 새롭게 일어났다.

발레단에서의 시간을 나는 격변기라고 표현한다. 예술가 김주원, 사람 김주원, 여자 김주원을 형성하는 격변기.

화면 속에는 발레를 시작한 지 얼마 되지 않은 김주원이 앳된 얼굴로 당차게 말하고 있다.

"저는 잘 변화하는 발레리나예요. 머물러 있지 않는 예술가가 되고 싶어요."

화면 속 내 표정을 보면서 잠깐 얼굴이 붉게 달아올랐다가 박장대소했다. 저런 말을 할 만큼 당시의 내가 연륜이 쌓였을 리가 없다.

그런데 같은 얘기를 다음 해에도, 또 그다음 해에도 하고 있다. 세월이 흐를수록 힘은 빠져 있는데, 눈빛은 진심이다.

인정할 수밖에 없다. 어릴 때부터 내 꿈은 변화하는 발레리나가 되는 것이고, 머물러 있지 않는 예술가가 되는 것이었다는 것을.

어린 나의 진심이 지금의 내게도 와닿는다.

2024년 가을, 김주원

차례

과연

　　나는

　　꿈꾸던

　　　대로

　　잘

　　　흘러가고

　　　　있는

　　　　걸까.

1막

1부

1장

꿈꾸는 바다

기억 속에 스냅 사진처럼 찍혀 있는 장면이 있다. 하늘은 파랗고 볕은 눈부시게 빛나는 여름날의 오후다. 나는 나른하게 파도가 밀려와 흐릿해진 바다와 땅의 경계에 누워 있다. 투명한 레이스 같은 파도 끝자락을 따라 모래가 춤을 추고, 나는 손을 뻗어 물에 젖은 모래를 한 움큼 쥐었다 물 위에 널어놓길 반복한다. 손가락 사이로 빠져나가는 모래의 촉감이 좋다. 깊은 바다 위로 빛이 내려 물고기 비늘처럼 반짝인다. 은빛 바다, 그쪽에서 보면 나도 반짝반짝 빛이 날까.

나는 부산에서 태어나 초등학교를 졸업할 때까지 해운대에서 자랐다. 바다의 아이답게 여름이면 대부분의 시간을 바다에서 보냈다. 검게 그을린 얼굴로 허리에는 튜브를 낀 채 바다에 나가면 동네 친구들을 다 만났다. 엄마와 아빠는 백사장 끝에 파라솔을 펴고 그늘에 앉아 언니와 오빠와 동생과 내가 노는 모습을 지켜봤고, 우리는 배가 고플 때까지 바다에서 놀았다. 내가 여섯 살 무렵에도 해운대는 사람들이 많이 찾는 해수욕장이었지만, 휴가철을 제외하곤 동네 아이들의 놀이터에 가까웠다.

기억 속에 남은 장면은 그 바다 위에서 올려다봤던 하늘과 바다다. 지금도 바다를 떠올리면 나는 그 시간으로 돌아간다. 황금빛 백사장을 베고 누운 내 곁으로 투명한 바닷물이 드나들고, 나는 구름 한 점 없는 파란 하늘을 올려다보고 있다. 난관에 부딪힐 때마다 한숨을 쉬는 대신 다짐하듯 "잘 흘러가 보자."고 스스로에게 말할 때도 그때의 파도가 떠오른다.

과연 나는 꿈꾸던 대로 잘 흘러가고 있는 걸까.

엄마는 한때 나의 성 정체성을 의심했다고 한다. 요즘은 선머슴이란 표현을 잘 사용하지 않지만, 그 단어 외에는 어린 나를 설명할 단어가 없다. 유치원생 때까지 치마가 불편해 바지만 입었고, 긴 머리도 불편해 짧게 잘라 달라고 했다. 언니보다 오빠를 따랐고, 스케이트보드와 자전거를 타고 골목을 누볐다. 언니와 오빠에게 물려 입은 옷은 나를 거치며 너덜너덜해져 동생에게 물려주지 못했고, 나는 남자나 여자로 구분되지 않는 골목대장 김주원으로 살았다. 초등학교 저학년 때까지 엄마는 매일 "주원이가 우리 애를~"로 시작하는 전화를 받아야 했다.

어릴 적 나는 운동 신경도 좋았다. 초등학교 3학년 때 소년체전 육상 경기에 나가 5~6학년 언니들과 겨뤄 동메달을 따낸 기대주였다. 5~6세 무렵부터 스파이더 맨

이라도 된 양 담벼락을 타고 다니고 집 안에서도 책장과 장롱 위를 기어다니며 다져온 실력이다. 양손을 놓고 자전거를 타며 묘기를 부렸고, 내리막길에서 스케이트보드를 타며 스피드를 즐겼다. 그네 프레임 위를 외줄타기하듯 걸어 다녔고, 정글짐 꼭대기에서 다이빙하듯 점프해서 착지하는 스릴을 즐겼다.

어린 나는 그랬다. 몸이 잼고, 운동 신경이 좋았으며, 뭐든 빨리 익혔다. 그때의 나는 검은 고양이처럼 날쌔고 유연했다.

그렇게 몸을 움직여 노는 것을 좋아하고 모든 것에 쉽게 싫증을 내던 초등학교 5학년 어린 김주원은 운명처럼 발레를 만났다. '새싹발레단'이라는 주니어 발레단에 입단하게 되었다. 그렇게 발레 인생이 시작됐다. 초등학교 5학년 때 처음 발레를 접했으니 발레 전공자치고는 시작이 늦은 편이었다. 대개는 뼈가 완전히 굳기 전인 7세 무렵 시작하고, 늦어도 초등학교 2학년 때는 시작해야 좋은 발레리나로 성장할 가능성이 크다. 나는 시작은 늦었지만 운이 좋게도 새싹발레단에서 양질의 교육을 받을 수 있었다.

 이후로 평생을 발레와 함께 살아왔으니 발레를 제대로 배우기 시작한 어린 시절의 기억이 또렷하면 좋으련만, 그저 재미있었다는 두루뭉술한 감정만 남아 있다. 그 시절을 떠올리면 해운대 바다에 누워 올려다봤던 하늘이 생각난다. 그때 본 물비늘 위로, 앙증맞은 튀튀를 입고 연습실을 오가던 소녀가 오버랩된다. 나는 반짝이는 바다 위에서 파도처럼 춤을 추고 있다.

알 수 없는 힘

"볼쇼이 발레단 훌륭하지, 그런데 거기 소련이잖아."

아빠는 완강했다. 아빠와 대화로 해결되지 않을 문제라는 걸 직감하고 중학교 3학년 1학기, 학교를 자퇴했다.

살다 보면 알 수 없는 힘이 나를 돕고 있다는 생각이 들 때가 있다. 중학교 2학년 때의 내가 그랬다. 방학이 되자 친구는 "한양대로 특강을 다니는데 너무 재밌어. 러시아 볼쇼이 발레학교 선생님들이 한국에서 열흘

동안 특강을 하는데, 이제 절반이 남았으니 관심 있으면 구경 와."라고 나에게 말했다. 친구의 말이 공식 초대장이라도 되는 듯 호기심 많은 나는 친구를 따라나섰다.

5일이라는 짧은 시간 내내 넓은 강의실에 둘만 있는 것 같은 특별한 느낌이 들 만큼 볼쇼이 발레학교의 갈리나 쿠즈네초바 선생님과 나는 교감하고 있었다. 마지막 날에는 선생님께서 내게 다가와 "오디션을 안 봐도 괜찮으니 함께 러시아로 가자."라고 하셨다. 그때까지도 몰랐다. 그 특강의 목적은 러시아로 발레 유학을 가고 싶은 이들을 대상으로 오디션 기회를 주기 위한 거였다. 그런 상황을 제대로 파악하지 못한 내게 선생님은 "볼쇼이 발레학교에서 꼭 다시 만나자."는 인사를 남기고 떠나셨다.

그때 나는 선생님이 볼쇼이 발레단 출신의 프리마 발레리나이자 수많은 발레리나를 길러낸 교육자라는 사

실도 몰랐다. 그저 쿠즈네초바 선생님의 말씀을 칭찬
으로만 여기고 집으로 돌아왔다. 그때까지만 해도 나
는 별생각이 없었다.

방학이 끝나니 방과 후 어린이대공원 후문에서 떡볶
이를 먹은 다음 커피 빙수까지 야무지게 챙겨 스쿨버
스에 오르는 일상적인 나날이 연속됐다. 하지만 무의
식 속에 있던 쿠즈네초바 선생님의 말이 통제할 수 없
을 만큼 커졌고 결국 어느 순간 "러시아에 가야겠다."
는 말을 비명처럼 부모님께 터뜨렸다. 늘 내가 하는 말
에 귀 기울이며 공감해 주던 엄마도 이 얘기는 진지하
게 듣지 않았다.

1991년은 '러시아'라는 이름보다 '소련'이 더 익숙할
때다. 외부에 개방된 지 1년도 채 되지 않은 사회주의
국가로 가겠다는 중학생 딸의 말을 진지하게 들어줄
부모가 많지는 않겠지만, 당시 나는 진지했다. 물론 무

섭고 두려웠다. 하지만 니나 아나니아쉬빌리, 니나 세미조로바, 마크 페레토킨 등 내가 꿈꿔온 발레리나, 발레리노가 모두 볼쇼이 출신이었다. 꿈을 꿈으로 남겨두고 그리워하기보다 현실로 만들고 싶었다.

반년 동안 열심히 부모님을 설득했지만 들어줄 리 만무했고 결국 나는 기말고사를 안 보기로 결심했다. 선생님께는 "저 볼쇼이 발레학교로 갈 거라서 어차피 자퇴해야 돼요."라고 하며, 부모님과 상의했고 허락도 받았다고 거짓말을 했다. 그제야 부모님도 사태를 심각하게 받아들이셨다. 결국 '견학이라도 가자'는 쪽으로 의견을 모으셨다.

공항으로 가는 차 안에서는 엄마가 내게 다짐을 받았다. "일단 가서 보고, 도저히 너를 떼어놓을 수 있는 환경이 아니라고 판단되면 다시 데려올 거야. 그때 고집 부리면 안 된다." 나는 알겠다고 경쾌하게 답했다. 그러나 내 뜻대로 될 때까지 떼를 쓰던 어린 시절의 선머슴

은 그 순간 이미 러시아에 머무르겠다고 마음먹고 있

었다.

차가운 공기의 냄새

모스크바는 차갑고 쓸쓸했다.

사람들의 얼굴에는 표정이 없었고, 거리에서도 활기를 찾아보기 힘들었다. 아마도 8월의 끝 무렵이었을 거다. 나뭇잎 끝이 울긋불긋 물이 들기 시작했는데 무채색 옷을 입은 사람들이 옷깃을 여미고 잰걸음으로 지나쳤다. 공항에서 학교까지 가는 동안 엄마는 내 손을 잡고 놓지 않았다. 차창 밖으로는 사람들의 표정보다 더 건조한 거리 풍경이 이어졌고, 시내에 들어섰을 때도 알록달록하고 생동감 가득한 서울과는 딴판이었다.

학교가 가까워질수록 아빠의 미간 주름도 깊어졌다.

볼쇼이 발레학교는 모스크바 예술 기관 중 가장 먼저, 1773년에 세워진 곳이다. 볼쇼이 극장이 세워진 것은 3년 후인 1776년, 발레단이 출범한 것은 1780년이다. 초기 입학생은 26명이었고 교사들도 모두 외국에서 데려왔다. 당시 일주일에 4일씩 하루에 4시간 발레 수업을 했고, 역사가 200년이 훌쩍 넘은 지금도 발레 무용수를 키워내는 시스템을 보다 완벽하게 만들기 위해 노력한다. 어릴 때부터 이곳에서 교육을 받은 무용수들은 대부분 볼쇼이 발레단에서 지낸 다음 후학을 키워내기 위해 교사로 부임하는 경우가 많다.

볼쇼이 발레학교에 첫발을 내디딘 순간, 그날 창문 너머로 훔쳐봤던 학생들의 모습이 잊히질 않는다. 학교 건물은 'ㅁ'자 형태였다. 1층 사무실과 극장을 지나와 2층 발레 연습실에 먼저 들렀다. 복도 바닥에는 파란 카펫이 깔려 있었다. 복도의 안쪽 벽을 따라 볼쇼이 발레학교가 길러낸 전설적 무용수들의 사진이 줄을 지어 걸려 있었다. 조심스럽게 연습실 안을 슬쩍 들여다봤다. 오래돼 거친 윤이 나는 마룻바닥 위에서 학생들이 몸을 풀고 있었다.

아름다운 신체로 만들어내는 완벽한 동작, 학생들이 움직일 때마다 삐걱대던 마룻바닥, 학생들 발에서 시작돼 키보다 훨씬 긴 그림자를 만들어내던 오후의 빛, 나지막하게 재생시킨 음악처럼 리드미컬하게 들리던 러시아어까지 그날의 모든 광경이 아직도 생생하다 못해 잊히질 않는다. 그때 나는 내가 있어야 할 곳은 여기라는 확신을 했다.

부모님과 함께 수업 방식에 대해 듣고, 수업을 참관했다. 학교 구석구석을 돌아보며 시스템과 시설을 꼼꼼하게 체크하던 부모님의 생각도 점점 나와 같이 바뀌고 있었다.

러시아에 남게 된다면 두렵고 외롭겠지만 그곳에 내 행복이 있을 거라는 확신이 들었다. 나를 남겨두고 떠나는 부모님을 차마 배웅하지 못하고 기숙사 방에 앉아 한참 동안 울었다. 그때 나는 내가 꽤 성숙하고 어른스럽다고 생각했지만, 겨우 중학교 3학년이었다. 막막했다. 부모님이 떠나고 홀로 남겨지자 이제부터 많은 걸 혼자 고민하고 결정하고 이겨내야 한다는 사실이 무섭게 느껴졌다. 가족을 떠나 홀로 살아가야 한다는 것도 그제야 실감이 됐다.

러시아에서는 차가운 공기 냄새가 났다. 손으로 만지면 바스러질 것 같은 건조한 냄새다. 그 냄새에 익숙해져야 한다고 생각했다.

그렇게 나는 또 새로운 세계에 진입했다.

눈부신 빛이 나를 향해 내리쬐고

볼쇼이 발레학교는 입학 조건이 매우 까다롭다. 입학 시험에서 아이의 체형을 보고, 건강 상태도 살핀다. 실력보다는 성장 가능성을 중시하기 때문에 체형을 심사할 때는 부모와 조부모의 체형까지 고려한다. 어려운 조건을 충족해 힘들게 입학해도 학년이 올라갈 때마다 시험을 통과해야 한다. 매년 학생 수가 줄었고, 1학년 때 학생들로 가득했던 교실은 졸업 즈음이 되면 3분의 2 정도 남는다. 부상을 당해 어쩔 수 없이 발레를 그만두는 경우도 있고, 체형이 변하거나 스트레스로 인한

압박감을 견디지 못해 중도 포기하는 경우도 있다.

　당연하게도 러시아 생활은 녹록지 않았다. 가장 큰 난관은 언어였다. 일본은 단기 연수처럼 학기마다 교환 학생을 보내왔고, 미국과 유럽에서도 단기 연수를 오는 아이들이 있었다. 하지만 소수였고 대다수는 러시아 학생들이었다. 이곳에 적응하려면 러시아어가 필수였다. 제대로 된 준비 없이 러시아에 간 나는 키릴 문자부터 익혀야 했다.

　더구나 볼쇼이 발레학교는 학업을 제대로 이수하지 않으면 졸업을 시키지 않았다. 공부를 하든 친구를 사귀든 언어부터 익혀야겠다는 생각에 개인 과외를 받았다. 러시아어를 제대로 알아듣지 못하는 채로 수업에 들어갔고, 수업 내용을 통으로 녹음해 반복해 들으면서 겨우 진도를 따라갔다.

　발레 실기도 러시아 친구들에 비해 많이 부족했다.

연습실에서 내 자리는 맨 뒤, 잘 보이지 않는 자리였다. 거울을 봐도 그들과 나의 체형이 완전히 달랐다. 아니, 모든 것이 달랐다. 그들은 큰 키에 작은 얼굴, 길고 가는 팔다리 라인까지 신체 조건이 완벽했다. 그동안 내게 주어진 조건을 받아들이고 단점을 커버할 수 있는 움직임과 장점을 부각시킬 수 있는 움직임을 고민해 왔지만, 러시아 친구들과 함께 거울 앞에만 서면 답이 없어 보였다. 교실의 한 벽면을 가득 채운 커다란 거울 앞에서 날마다 나의 부족함과 마주해야 했고, 차이를 인정할 수밖에 없었다.

그럼에도 한국으로 돌아가고 싶다는 생각은 들지 않았다. 아름다운 친구들과 함께하며 그들의 동작을 보고 따라 하는 것이 즐거웠다. 차이를 받아들이고 내게 집중했다.

아름다운 움직임을 직접 눈으로 보면서 나도 빨리 저 움직임을 익혀 그 친구들처럼 움직이고 싶었다. 타고난 체형을 바꿀 수는 없겠지만, 기본기는 노력으로 충분히 따라잡을 수 있을 거라 믿었다. 기본기가 탄탄하면 몸을 쓰는 방법도 훨씬 유연해질 것 같았다. 새벽 6시에 일어나 아침 식사를 하고 수업을 시작하기 한참 전인 7시에 연습실에 내려가 혼자 연습을 했다. 수업 시간에는 최대한 집중해 선생님 말씀을 들었고, 저녁 식사를 마친 후에도 연습실에서 홀로 연습했다.

하루도 빼놓지 않고 매일 그렇게 2년 정도 보냈을 때 내 자리는 교실 중앙의 앞자리로 바뀌어 있었다.

그 시절의 나는 미친 듯이 힘들었지만, 미친 듯이 행복했다. 선화예중 시절에는 고향 부산을 그리워하는 향수병에 시달리면서도 학교에 가는 일이 설레고 기뻤으며, 볼쇼이 발레학교 시절에도 선생님 시야에서 완전히 벗어난 구석에서도 행복할 수 있었던 건 내가 가고 싶은 길 위에 있다는 것을 알았기 때문이다.

나는 점점 넓은 세계로 나아가고 있었고, 더 많은 것을 보며 꿈의 크기를 키웠다. 그 모든 과정이 나의 성장이고 행복이었다. 나의 롤 모델과 멘토가 나와 아주 가까운 곳에서 나의 성장을 지켜보고 있다는 사실만으로도 매일이 설렜다. 새벽부터 밤까지 연습해도 원하는 대로 몸이 움직여지지 않을 때가 많았고, 홀로 연습실 바닥에 앉아 엉엉 울면서 화를 낸 적도 많다. 그래도 발레를 그만두겠다거나 타인을 원망한 적은 없다. 연습 끝에 그 동작을 해냈을 때의 기쁨을 알게 된 다음부터는 내 연습과 감정에 더욱 집중했다.

나는 내가 원하는 것이 무엇인지 명확하게 알고 있었다. 그리고 내가 어떤 환경에 놓여 있는지도 정확하게 파악하고 있었다. 그래서 나의 우상이었던 발레 스타가 나의 선생님이고, 나의 스타들의 동작을 관찰하고 감상할 수 있는 수업 시간이 정말 즐거웠다. 하루하루는 너무 힘들지만 매일매일 행복했다.

그때 나는 눈부신 빛이 나를 향해 내리쬐고 있다고,
내가 은빛 바다라고 생각했다.

실패란 더 이상 도전하지 않는 것

러시아 시절의 나는 꿈을 찾아 거대한 바다로 나간 고래처럼 느껴졌다. 나의 놀이터 부산 해운대 앞바다를 떠나 바다처럼 넓은 한강을 건너 파도의 크기도 가늠이 되지 않을 만큼 거대한 대양으로 나간 물고기 같은, 그 시절의 내 모습을 떠올리면 아기 고래가 그려진다.

러시아 생활은 혼돈의 연속이었다. '저 고래들과 나는 종이 다른 건가, 설마 내가 고래인 줄 아는 민물고기인가, 그렇다면 바다는 내가 살아갈 수 없는 환경인데 그래도 나는 고래가 되고 싶어' 같은 생각을 했다. 하지만 그런 고민은 오래가지 않았다. 친구들과 나는 생김새부터 달랐고, 다름을 인정한 후에는 나의 부족함에 집중하기보다 앞으로 내가 해야 할 일에 집중했다.

고래가 되고 싶어 정말 열심히 노력했다. 가장 첫 단계는 나의 부족함을 인정하는 일이었고, 다음 단계는 그 부족함을 완전한 움직임으로 만들어내는 일이었다. 그 과정에서 나만의 강점이 생겼다. 스스로 행운이라 생각하는 것은, 나는 새로운 환경에 나를 던지며 자라나는 타입이라는 것이다. 먼 발치에서 지켜보면서 겁먹고 좌절하며 멈춰 있는 건 나와 맞지 않는다. 주저하거나 용기를 잃어 나를 포기하는 일도 없다. 현실이 어떻든 긍정적이거나 부정적인 상황을 받아들일 준비가 되어 있으며 그에 대한 거리낌이 없다.

나는 언제나 최고가 아니었다. 내 곁에는 늘 나보다

뛰어난 친구들이 있었다. 그렇지만 나는 나보다 뛰어난 사람을 만나면 넘어서야 할 대상이 아니라 배움의 대상으로 삼았다. 진심을 다해 그들의 재능에 감탄했고, 세심하게 관찰해 내게도 적용시키곤 했다.

나를 알아야 나의 부족함을 직시할 수 있고, 나의 부족함을 알아야 성장할 수 있다. 이 과정을 반복하면 위기가 닥쳐도 상황을 객관적으로 판단하고 덤덤하게 수습할 수 있는 힘이 생긴다. 아무리 자기 객관화가 잘되어 있다고 해도 자신의 부족함과 마주하는 일은 스스로에 대한 실망이 동반된다. 그 실망감을 시련이라 한다면, 결국 인간은 시련을 극복하며 내면이 단단해지고 자아가 강해지면서 건강한 사고를 하는 성숙한 인간으로 성장하게 된다는 결론에 이른다.

내 인생에는 실패의 기록이 훨씬 많다. 부족한 몸으로 원하는 라인을 만들기 위해 매일 실패했고, 실패의

간격이 넓어지거나 크기가 줄어들 때마다 새로운 희망을 품었다. 만족할 수 있는 동작과 표현은 하루아침에 완성되는 것이 아니다. 원하는 것을 얻을 때까지 하루 종일 나는 실패한 자신을 봐야만 한다. 그래서 나에게 발레는 스스로 만족할 수 있는 나 자신을 보기 위해 인내하고 연구하는 과정이었다.

다른 발레 무용수도 마찬가지일 것이다. 그렇게 잦은 실패를 마주하며 훈련하다 보면 마음이 단단해진다. 결국 강한 멘털은 수많은 실패의 산물인 셈이다.

또한 무엇보다 중요한 건 실패를 어떻게 받아들이고 얼마나 빠르게 회복할 수 있느냐는 것이다. 요즘 말로 하자면 회복 탄력성. 이는 때때로 자존감과 연결이 되는데, 나는 항상 연습에서 답을 찾았다. 그리고 아이러니하게도 실패를 극복하는 힘은 실패가 쌓이고 연습량이 늘어 성장을 경험했을 때 생긴다는 것을 배웠다.

한편으로는 실패를 이겨내는 방법 같은 건 없다는 생각도 든다. 나는 지금도 실패가 계속되면 어릴 때 그랬던 것처럼 속상해하고 좌절한다. 하지만 좌절을 건강하게 이겨내는 방법을 알기에 실패를 거부하기보다 충분히 좌절하는 쪽을 택한다. 몸을 낮춰 다시 일어설 에너지를 모으는 거다.

실패가 잦다는 건 끊임없이 도전한다는 의미다. 도전 없는 실패는 없다. 나에게 실패란 더 이상 도전하지 않는 것이다.

발레리나의

몸은

　　　너무

솔직해

　거짓이

　　　　　통하지

않는다.

2막

2부

2장

거짓이 통하지 않는 몸

연습실에서 거울을 보고 마주 서 있다. 거울은 내 몸의 장점과 단점은 물론이고 얼굴과 마음도 투명하게 비춰 낸다. 연습실에 있는 모두가 거울을 향해 서 있지만, 각자 자신의 자세를 다듬느라 주위에는 크게 관심이 없다. 음악이 흐르고 움직임이 시작됐을 때 비로소 옆 사람이, 이 공간의 사람들이 느껴진다. 춤에는 각자의 얼굴이 새겨져 있다.

 발레를 하다 보면 '도를 닦는다'는 기분이 들 때가 있다. 발레는 정해진 틀에 맞게 몸을 바꿔가며 신체를 단련하는 것처럼 보이지만, 연륜이 쌓이고 시간이 지나면서 생각은 틀 안에서 자유로워진다.

발레는 정직하다. 긴 시간 춤을 추면서 깨달은 진리는 좋은 춤을 추려면 진정한 내가 담겨 있어야 한다는 점이다. 발레리나의 몸은 너무 솔직해 거짓이 통하지 않는다.

토슈즈를 신고 무대 위에 올라가면 숨을 곳이 없다. 발끝으로 서서 라인을 만들고, 동작으로 관객에게 이야기를 전달하고 감정을 표현해야 한다. 관객은 무용수의 아름다운 라인과 고난도 테크닉에 박수를 치지만, 진심이 전해졌을 때면 감동하고 눈물을 흘린다.

무대 위의 발레리나는 숨을 곳이 없다. 그래서 관객의 감정도 고스란히 온몸에 전달된다. 그 거짓 없는 감정적 유대를 나는 사랑한다.

발레는 틀에 맞춰져 있는 클래식 예술이다.

때때로 이 틀이 숨 막힐 만큼 날 힘들게 하지만 나는 틀 안에서 깊어지는 방법을 찾았다. 정해진 규칙 안에서 나만의 깊이를 더하는 일은 관객들에게 이전과 전혀 다른 감동을 준다. 틀은 좁지만 틀 안의 깊이는 한계가 없다. 깊이 들어가 자유로워진 이후로, 발레가 곧 나이고 내가 곧 발레라고 여기며 살아왔다.

수 세기에 걸쳐 전 세계에서 공연된 클래식 발레 작품의 경우 수많은 발레리나가 같은 춤을 췄지만, 각자가 가진 표현과 깊이는 모두 달랐다.

발레는 타인이 아닌 나 자신을 이겨야 하는 예술이다. 나를 넘어서야 한다. 어제 춤췄던 오데트(발레 〈백조의 호수〉의 여자 주인공)보다 내일 춤출 오데트의 날갯짓 속에 더 많은 이야기가 담겨야 하므로.

계단식 성장

성장이 물리 법칙을 따랐으면 좋겠다고 생각했던 때가 있다. 벽돌을 쌓는 것처럼 노력의 결과가 눈에 보인다면 노력의 과정이 조금 덜 힘들지 않을까 하고 생각하던 때가 있다. 야속하게도 성장은 노력이 반영된 상향 곡선이 아니라 넓고 불편한 계단처럼 이뤄진다. 아주 오랜 시간 제자리걸음을 하고 있는 것 같은 형태라 노력하는 동안에는 성장을 눈치챌 수 없다. 그래서 버티는 자가 이긴다는 말도 나왔을 거다.

나 역시 버티고 버텨 죽을힘을 다해 한 작품을 끝내

고 뒤를 돌아보면 한 계단 위에 올라와 있는 경우가 많았다.

발레 무용수는 매일 같은 루틴으로 몸을 다듬고 연습을 반복한다. 그렇게 매일 반복하다 보면 어려웠던 동작을 자유롭게 표현할 수 있는 때가 온다. 내가 제자리걸음이라고 생각하는 그 과정을 지나 한 계단 올라선 것이다. 이런 과정을 수도 없이 경험하면 견디는 힘이 생긴다. 성장이란 매일 반복되는 지루한 시간을 견디며 하루하루 쌓은 후에 찾아온다.

만약 성장에 물리 법칙이 적용된다면, 그래서 어제보다 나아진 나를 수치로 확인할 수 있다면 매너리즘에 빠지게 될 일은 없지 않을까. 하지만 계단을 올라서기 전까지 끝을 알 수 없는 평지가 이어지고, 그 끝을 찾는 과정은 지평선을 따라가는 것 같은 막막한 느낌을 주기도 한다.

발레 무용수의 성장 주기는 작품 변화 주기를 따르는 경우가 많다. 발레 작품 한 편의 물리적인 공연 기간은 그리 길지 않다. 2주 이상 지속되는 공연도 드물고, 주인공 역할에 서너 명의 무용수를 캐스팅하기 때문에 주역 무용수가 그 공연 기간 안에 무대에 서는 것은 3~4번을 넘지 않는다. 그러나 연습 기간은 1~2개월이 넘는다. 그 시간 내내 무용수는 자신과의 싸움을 하게 된다.

어느 정도 동작을 익힌 후에는 매일 같은 하루가 반복된다. 넓고 불편한 계단 같은 과정, 제자리걸음 같은. 물론 하루하루를 떼어 놓고 보면 편차가 있다. 어떤 날엔 잘되던 동작이 어떤 날엔 안 될 때도 있고, 반대로 어떤 날엔 죽어도 안 되던 동작이 어떤 날엔 부드럽게 잘되는 날도 있다. 또 어떤 날엔 몸이 무거워 땅속으로 꺼질 것 같다가 어떤 날엔 날아갈 것처럼 몸이 가볍게 느껴지기도 한다.

이런 날들이 연습 기간 내내 반복되는 거다. 그러면서 무용수는 자유로워지고 깊어진다. 그 순간순간의 감정과 움직임을 기억하고 몸에 새긴다. 그렇게 한 계단 올라서는 지점이다.

매너리즘에 빠졌다고 느낀다면 힘든 시간을 지나면서 성장하리라는 확신을 하지 못했기 때문일 것이다. 반면 그 시간을 극복하고 성장을 경험한 사람들은 자신을 극한으로 몰아붙이며 자신의 한계를 확장하는 선택을 한다.

그 계단식 성장 안에는 오랜 시간 열심히 가꾸고 다듬으며 쌓아온 수많은 날과 내 춤이 있다. 내가 한 계단 딛고 올라섰다고 느끼는 순간 관객들은 내 춤이 한층 깊어지고 성숙해졌다고 표현해 주곤 했다.

1년에 150회씩 공연을 하며 나는 그 안에서 성장의 순간을 여러 겹으로 나의 영혼에 담아냈다. 지칠 것 같

은 반복은 분명 힘들었지만 결국 작품과 하나가 될 수

있다는 생각에 하루하루 의미 있었고 행복했다.

발레리나는 숨을 곳이 없다

낭만 발레 시대에 흰색 로맨틱 튀튀를 입은 수십 명의 발레리나가 토슈즈를 신고 무대 위를 날아오르듯 춤추는 장면에서 '발레 블랑(백색 발레)'이라는 발레 용어가 탄생했다. 〈지젤〉 2막의 '윌리들의 춤', 〈라 바야데르〉 3막의 '망령들의 왕국', 〈백조의 호수〉 2막과 4막, 〈라 실피드〉 등이 대표적인 발레 블랑으로 꼽힌다.

　감사하게도 사람들은 내가 발레 블랑, 그중에서도 〈지젤〉이 잘 어울리는 발레리나라고 말씀들을 해주신다. 지젤은 귀족 청년 알브레히트와 사랑에 빠지지만,

그에게 약혼녀가 있다는 사실에 절망해 죽고 만다. 그리고 윌리가 된 지젤은 윌리들의 여왕 미르타에게 자신의 무덤을 찾아온 알브레히트를 죽이라는 명을 받는다. 하지만 사랑보다 더 큰 '용서'로 알브레히트를 구해 준다.

무대 밖의 나는 지젤과 완전히 다른 삶을 산다.

발레리나는 강하게 자란다. 몸의 움직임과 라인이 잘 드러나는 타이트한 의상을 위아래로 갖춰 입고 전신 거울 앞에 서서 연습을 하다 보면, 나의 모든 것이 그대로 드러난다.

발레리나는 타고난 신체 조건이 매우 중요하다. 나는 모든 노력의 과정이 명징하게 결과로 드러나는 잔인하고도 건강한 발레의 구조와 경쟁을 사랑하지만, 신체 조건이 좋은 편은 아니다. 게다가 어릴 때부터 발레를 시작한 친구들에 비해 기본기도 체력도 기술도 부족했다. 재능 있고 우수한 친구들과 경쟁을 하려면 스스로를 잘 파악해야 한다. 스스로의 한계를 규정 지으라는 의미가 아니다. 자기 자신에 대해 정확하게 알아야 가능성을 확장하며 성장할 수 있다.

발레의 기본은 턴아웃turn-out 동작에서 시작한다. 양쪽 발을 바깥쪽으로 90도 회전해 고관절부터 넓적다리, 무릎, 발목, 발끝까지 두 다리가 180도를 이뤄야 아름답고 정확한 라인을 만들 수 있다. 나처럼 턴아웃이 힘든 발레 무용수는 가만히 서 있을 때도 다리 전체의 근육에 힘을 줘 턴아웃 자세를 유지해야 하기에 발목과 무릎에 무리가 가고, 훨씬 많은 에너지를 써야 한다. 매일 뼈를 뒤틀어 골반을 틀고 무릎을 안쪽으로 넣은 다음 발등을 바깥쪽으로 밀어내느라 가만히 서 있어도 온몸이 긴장된다.

그뿐만 아니라 머리끝부터 발끝까지 정해져 있는 형식과 규칙, 라인, 조건들에 완벽해지도록 노력을 가해

야 하고, 거기에 예술성, 환경, 모든 것이 동반되어야
한다.

그렇게…… 발레리나는 숨을 곳이 없다.
게다가 발레 자체가 자신 안으로 깊이 들어가 자기만
의 이야기를 만들어가는 예술이다 보니 스스로에게 냉
정하고 혹독할 정도로 치열하다.

발레리나의 가방 속에는 땀에 절은 연습복과 토슈즈
는 기본이고, 부상이 잦다 보니 약통과 파스도 필수로
들어 있다. 하늘하늘한 의상을 차려입은 안쪽에는 물
리 치료 자국이 선명하다. 나는 그 선명한 멍 자국과 땀
냄새를 사랑한다. 핑크빛 튀튀 스커트와 핑크빛 토슈
즈가 좋아 발레를 시작했지만, 발레리나에 대해 갖고
있던 핑크빛 환상은 깨진 지 오래다.

멍 자국과 땀 냄새는 자기만의 발레를 만들어갈 때

파생되는 것이니 소중할 수밖에 없다. 자신이 뛰어난 발레리나임을 증명하기 위해서는 적어도 10년 동안 전막 발레를 완벽하게 소화할 수 있어야 한다. 다치지 않아야 하고, 꾸준히 실력을 향상시켜야 하며, 모든 발레단원을 실력으로 납득시킬 수 있어야 한다. 그러려면 기본기가 탄탄해야 한다. 부상의 위험이 클수록, 체력을 넘어서는 정신력이 필요할수록 기본기가 강조된다. 근육이 자리 잡고 자세가 바르게 될 때까지 매우 긴 시간이 필요하다.

열아홉 살 무렵 발레단에 입단해 전막 발레를 소화할 수 있는 발레리나로 성장하기까지 몇 년은 정신없이 바쁘다. 새로운 레퍼토리를 익히고 자신의 춤을 추느라 여념이 없다. 그러다 스물다섯 살이 넘어갈 무렵 서서히 자신의 철학을 표현하기 시작한다. 그때부터는 자기 자신과의 진정한 싸움이다. 단순히 동작을 익히는 게 아니라 자신이 표현할 수 있는 자신만의 언어, 자신만의 춤을 찾아 나간다.

　나는 그 과정에서 수없이 좌절을 겪었다. 어떤 때는 아침 10시부터 클래스를 시작해 리허설을 마치고 오후 6시부터 개인 연습을 시작했는데, 다음 날 새벽 한 시가 넘도록 지젤이 사선으로 날아오르는 듯한 라인과 느낌을 찾지 못해 울면서 집에 간 적도 있다. 그렇게 하루하루 나를 던지다 보면 어느 순간 몸의 뼈와 근육이 재배치되는 느낌이 들기 시작한다.

　그 시간 속에 있을 때 내가 왜 춤을 추는지, 내가 왜 살아 있는지를 세포 하나하나로 느낀다. 그 시간들에 이야기가 더해지며 나만의 춤이, 나만의 이야기가 만들어져 간다.

　멍 자국과 땀 냄새가 지천인 완벽하지 못한 내 몸을, 그러나 나만의 춤을 추는 내 몸을, 못생긴 내 발을 나는 사랑한다.

새로운 몸의 언어

새로운 작품을 만나 익숙해지기까지는 적잖은 시간과 노력을 필요로 한다. 물리적 에너지뿐만 아니라 감정 소모도 굉장히 크다. 그러나 그 시기를 잘 견디면 새로운 몸의 언어를 하나 더 습득하게 된다. 나날이 더욱 섬세한 언어를 사용할 수 있게 되고, 그때마다 껍질을 하나씩 벗겨낸 것처럼 춤이 달라진다.

그래서 한 작품을 마치면 나의 몸이 변해 있는 걸 발견하곤 했다. 새롭게 익힌 몸의 언어는 또 다른 새로운 세계를 여는 열쇠가 되었다.

주인공이 아니어도 괜찮았다. 캐스팅에 어울리지 않는 것 같다는 의견으로 배역을 받지 못하는 경우도 있었지만 언더 스터디를 해서라도 안무가의 독창적인 스타일을 익히고 싶었다. 무용수는 늘 새로운 춤을 갈망한다.

2006년 스웨덴 출신의 안무가 마츠 에크의 〈카르멘〉을 만나기 전에 내가 표현했던 〈지젤〉과 마츠 에크의 〈카르멘〉을 만난 후에 표현한 〈지젤〉에는 미묘하지만 확실한 차이가 있다. 마츠 에크의 '카르멘'을 연기하는 동안 아름다움의 관점이 넓어지고, 캐릭터를 해석하고 표현하는 방식 또한 조금 더 깊어졌기 때문이다. 특히 마츠 에크의 〈카르멘〉과 장 크리스토프 마이요의 〈로미오와 줄리엣〉은 내가 춤에 가진 선입견을 깨고, 좁은 시야를 넓히는 계기가 된 작품이다.

파격적인 재해석으로 알려진 마츠 에크는 전통적인 발레의 구조를 뛰어넘어 자신만의 독특한 표현법을 섞

어낸다. 규칙과 경계를 넘는 것 같지만 오히려 흐트러지지 않는 그의 작품은 클래식 발레 속의 형식 안에서 새로운 것을 찾아 갈망하던 나에게 표현의 경계를 허물어주는 계기를 만들어줬다.

그 당시 나에게 〈카르멘〉이라는 작품은 흔하지 않은 접근이었고, 새로운 무대 표현의 방식을 가르쳐주었다. 시가를 물고 춤추는 것과 같은 파격적인 연출은 전통적인 발레와는 완전히 다른 아름다움을 선사했다. 무엇보다 고전 발레와 컨템포러리 발레의 규칙에 얽매이지 않으면서도 완벽한 조화를 갖춘 마츠 에크의 작품은, 감정의 깊이와 작품의 메시지를 더 깊게 이해하고 표현하는 능력을 키워주었다. 독창적인 안무가의 작품 속에서 새로운 안무를 접하며, 틀 안의 것을 깨부수는 경험은 나에게 귀중한 성장의 시간이었다.

2000년, 2002년, 2011년 〈로미오와 줄리엣〉, 〈신데렐라〉, 〈도베 라 루나〉로 함께했던 장 크리스토프 마이요는 프랑스 출신의 세계적인 발레 안무가로, 그의 안무 특징으로 섬세한 감정의 표현과 완벽주의에 가까운 디테일을 꼽을 수 있다. 무대 위의 모든 움직임과 표정, 감정 표현은 물론이고 아주 사소한 것들까지 작품 속에 담아냈다. 영화와 같은 실제적인 표현력을 강조했던 그의 작품에서 실제 키스와 같은 생생한 표현의 전달이 관객들로 하여금 어떠한 감정의 변화를 이끌어내는지 알게 하는 귀중한 경험이었다.

물론 처음부터 과장되지 않은 현실과 같은 감정을 표현해 내고, 디테일한 연출에 적응하는 것이 쉬운 과정은 아니었다. 연습과 반복 속에서 자연스러운 나만의 이야기를 찾아내야만 하는 고뇌의 시간을 필요로 했다. 그 결과, 클래식 발레 속에서도 디테일과 감정의 깊이를 표현하는 방식을 깨닫게 되었고, 무대 위에서의 자연스럽고 진정성 담긴, 군더더기 없는 몸의 언어를 배울 수 있는 시간이었다.

발레 무용수는 항상 새로운 것을 탐구하고 그 경험을 통해 깊어지는 과정을 반복하며 성장한다. 각기 다른 안무가들의 작품을 통해 다양한 시각과 감정을 경험하면서, 그 안에서의 도전과 극복의 과정은 나를 더욱 성숙하게 만들어주었고, 무대 위에서의 표현력과 깊이를 더욱 풍부하게 해주었다.

그런 과정을 통해 내 춤은 많이 달라졌다. 발레라는 고전적 틀 안에서 나만의 것을 담아내는 것을 고민했고, 깊게 파기 위해선 넓게 파야 한다는 말처럼 나만의 것을 찾기 위해 더 많은 걸 담기 시작했다. 이전까지는 정해진 그림 안에서 평면적인 춤을 췄다면, 이러한 작품을 만난 후로 내 춤은 훨씬 입체적으로 변했다. 생각도 움직임도 허물을 하나 벗은 느낌이었다.

더 이상 기존의 틀에 얽매이지 않는 자유로운 표현의 주체가 비로소 될 수 있었다.

불안에 물들지 않고

한국인 무용수들이 많이 수상하여 우리에게도 유명해진 '브누아 드 라 당스'는 세계 곳곳에서 활동하는 한국인 무용수들의 노력을 보여준다.

'브누아 드 라 당스'는 발레계의 '아카데미상'으로 불리며, 이전 연도에 공연했던 세계 모든 발레단 무용수와 작품, 안무가가 심사 대상이 된다. 최종적으로 작품 10~15편을 추리고, 그중 특별한 수준을 인정받을 만한 작품을 선정한다.

2006년 나 역시 그 명예로운 자리에 후보로 이름을 올렸다. 상상할 수 없는 일이었다. 한국 발레가 전 세계적으로 주목받고 있다는 의미로도 해석할 수 있는 소식이었다. 그러나 당시 나를 포함한 그 누구도 나의 수상을 예상한 사람은 없었다.

'브누아 드 라 당스'를 수상하기 1년 6개월여 전, 나는 족저근막염이라는 부상으로 오랫동안 무대를 떠나 있었다. 침대에서 일어나면 항상 발이 퉁퉁 붓는 등 몸이 이상 신호를 알렸지만 오랫동안 외면하다 결국 토슈즈를 신기 어려워진 것이다. 발레를 포기해야 할지도 모른다는 의사의 소견과 함께 '일단 뭐라도 해보자'라는 생각으로 기약 없는 재활을 시작했다. 발레단에 사직서를 제출해야 할지 고민할 정도로 큰 시련이었다. 재활로 인해 오랜 기간 동안 춤을 추지 못했던 것은 발레를 시작한 이래 처음 있는 일이었다.

그러나 9개월의 재활 끝에 '다시 토슈즈를 신어도 될

것 같다.'라는 재활 치료사의 소견이 나왔다. 다시 토슈즈를 신었을 때, 더 이상 나를 괴롭히던 통증은 없었다. 그 순간 '다시 꿈을 꿀 수 있겠다'는 기쁨과 안도감이 마음을 가득 채우며 나는 그 자리에서 주저앉아 한참을 통곡했다.

이후 〈해적〉으로 마침내 무대 위로 돌아오게 되었다. 공교롭게도 1998년 나의 프로 데뷔 첫 작품 역시 〈해적〉이었다. 데뷔 공연 직전에 발등이 골절되어 마취 주사를 맞고 겨우 1차례만 공연을 했는데, 아픈 기억으로 남아 있던 작품을 부상 뒤 9개월 만의 복귀작으로 다시 만난 것이다.

살다 보면 때로 전혀 예상치 못한 일이 벌어진다. 우여곡절을 겪고 어려운 상황 속에서 간절한 마음으로 무대에 올랐던 복귀작 〈해적〉으로 나는 '브누아 드 라당스' 최고 여성 무용수상을 수상했다. 당시 국립발레단이 올린 〈해적〉은 한국인 제작진이 안무는 물론이고 음악, 의상, 무대 등을 모두 자체 제작하며 새롭게 구성한 작품이었다. 그렇기에 내가 '브누아 드 라 당스'의 후보가 된 것은 개인의 영광이기도 했으나 분명한 것은 한국 발레가 만들어낸 노력의 산물이었다. 수상 후보자 자격으로 러시아에 가야 한다는 소식에 매우 기뻤지만 나의 영광만을 위한 시간이 아닌, 한국 발레의 예술적 가치를 세계에 알릴 수 있는 소중한 기회여서 더 기뻤다.

수상하리라는 기대가 전혀 없었기 때문에 후보자 자격으로 펼치는 갈라 공연에 매우 집중했던 기억이 난다. 그만큼 홀가분한 마음으로 러시아로 갔기 때문에 수상하는 상황에 대한 준비도 없었다. 그래서 수상 당시의 내 모습을 기록한 사진이나 영상을 찾기 어렵다는 게 지금으로선 조금 아쉬운 일이다.

이후 한국 발레에 대한 시선이 세계적으로 많이 달라

졌다는 것을 느낄 수 있었다. 또한 한국에 와서 함께 작업하고 싶어 하는 안무가나 무용수가 많아졌고, 다른 나라 발레단과의 교류도 많이 늘었다. '브누아 드 라 당스' 수상과 본격적인 복귀 이후 발레단에서 나는 더욱 춤에 몰입할 수 있었다. 이 모든 것은 불과 2~3년이라는 시간, 그렇게 길지도 짧지도 않은 시간 안에서 내 삶에 분명한 자취를 남긴 한 단락이었다.

엄청난 노력으로 부상을 이겨내고 다시 춤을 추는 나자신이 대견스러웠다. 큰 부상을 겪고 나니 언제든 발레를 그만둬야 할 상황이 올 수도 있다는 생각이 들었고 그래서 더욱 간절해졌다. 재활하고 근력 운동을 한열정에 비례해 몸을 자유롭게 움직일 수도 있게 되었다. 무엇보다 무대에서 춤을 출 수 있다는 것에 감사했다. 하늘이 내려준 선물 같았다.

살다 보면 내가 가진 힘으로는 도저히 이겨낼 수 없는 시련을 맞닥뜨린다. 이런 시련은 예고도 없이 불쑥

와서 정신이 나갈 만큼 나를 힘들게 만들기도 한다. 하지만 부상과 수상이라는 대비되는 두 가지 큰 경험을 겪으며 또 배웠다. 높은 파도 뒤에는 잔잔한 파도가 이어지듯 시련도 끝없이 이어지지 않는다는 것이다. 가끔씩 찾아오는 시련은 여전히 순간순간 나를 힘들게 하지만 그 상황에서 할 수 있는 최선이란 높은 파도가 좋은 경험이 되도록 건강하게 잘 싸워보는 것이다.

삶은 언제나 불확실성의 연속이다. 불안에 물들지 않고, 앞으로 나를 찾아올 새로운 가능성을 기대하며 앞을 향해 걸어가야 한다. 어렵고 힘든 순간들도 결국은 그다음을 위한 준비일 뿐이다.

파도를 뛰어넘을 준비가 되었다면 시작해도 좋을 시간이다.

조화로운 균형

예술가에게 개성이란 매우 중요한 자산이다. 모든 예술 분야에는 고유한 규율과 틀이 있기 마련인데, 국립 발레단에 입단하자마자 '열아홉' 살의 나이로 주역이 된 발레리나가 그것을 이해하기란 쉽지 않은 일이었다. 발레단이라는 둥지 안에서 나는 이따금 외부 활동을 했는데, 어떤 때는 좋지 못한 시선을 받아야 했다.

2007년 패션 잡지《보그》에 게재된 상반신을 드러낸 사진의 경우도 그러했다. 사진가 김용호는 이 프로젝트를 통해 몸에 대한 일반의 편견을 깨고 싶다고 했다. 배우, 안무가, 발레리나, 연극배우, 트랜스젠더, 잡지 편집장, 운동선수 등의 다양한 사람들이 참여한 프로젝트였다. 전시를 위한 촬영이었는데, 몇 장의 사진이 인터뷰와 함께 잡지에 실렸고 그중 하나가 내 사진이었다. 문제는 잡지 발행 후 두 달이 지나서 발생했다. 문제가 커져 점점 발레에 집중하기 어려워진 상황이 전개됐다. 공식적인 채널에 나와서 예술가로서 표현의 자유에 대해 적극적으로 의견을 말하라는 조언도 있었지만 모두의 평화를 위해 조용히 물러나는 쪽을 선택했다.

사실 나는 이 문제를 그리 심각하게 받아들이지 않았다. 발레단의 허가를 받고 작업을 한 것이고 과정과 결과에 만족했기 때문이다.

발레리나의 몸은 그 자체로 악기가 된다. 아메리칸 발레시어터의 전 수석 무용수 알렉산드라 페리는 전신 누드를 공개한 적이 있다. 체코 출신의 세계적인 안무가 지리 킬리안은 발레와 현대 무용을 결합시켜 남녀 구분 없이 웃옷을 벗고 빨간 스커트만 입고 춤을 추는 작품을 선보인 바 있다. 이 작품은 2001년 파리오페라 발레에 초청된 데 이어 2002년 모나코 댄스포럼 개막 작으로 초대될 정도로 좋은 반응을 얻었다.《르 몽드》 주말 매거진은 프랑스 출신의 세계적 발레리나 실비 길렘의 전신 누드 사진을 실었다. 안무가 마츠 에크가 현대적으로 재해석한 〈지젤〉에서는 남자 무용수가 올 누드로 무대를 뛰어다니기도 한다. 즉, 어디서든 콘셉트에 따라 몸을 드러내는 것은 예술가의 언어의 표현으로 용인될 수 있다.

나의 선택 역시 그 연장선상이라 생각해 문제가 될 것이라고는 예상치 못했다. 결국 나의 의도와는 다르게 본질은 흐트러지고 '문제적 사건'만이 남게 되었다.

입단 후 15년 동안 나의 수식어는 '국립발레단 수석

무용수 김주원'이었다. 의도했든 의도하지 않았든 예상했던 것보다 많은 책임을 안고 지내야 했다. 물론 발레단이라는 '둥지' 안에 있었기 때문에 내가 성장할 수 있었지만 '예술가 김주원'과 '국립발레단 수석 무용수 김주원' 사이의 균형을 유지하는 것은 20대 발레리나에겐 때때로 혼란스러운 일이었다.

지금의 나, '마흔일곱 살의 발레리나 김주원'은 예술가의 자율적 표현과 세상의 질서를 훨씬 잘 이해하고 있다. 여러 가지 경험과 상황으로 내 몸과 정신에 새겨진 궤적은 아름드리나무의 나이테처럼 더 깊이 있고 단단해졌고, 조화로움과 절제 안에서 더 강력한 메시지를 담을 줄도 알게 되었다.

거짓이 통하지 않는 무대

나는 현재에 충실한 사람이다. 인내심으로 빚어진 현재의 순간들이 쌓여 나를 바른 방향으로 이끈다고 믿는다. 혹독한 작업의 시간들이 가르쳐준 진리랄까.

큰 부상을 당했을 때 사방이 온통 하얀 병원의 침대에 누워 천장을 보면서 스스로에게 물었다. 나는 언제 행복한가. 망설임 없이 무대 위에 있을 때와 작품을 만들 때라는 답이 나왔다. 만약 갑작스러운 사고로 더 이상 춤을 출 수 없는 순간이 오면 어떻게 해야 할까. 이런 생각을 계속하다 보면 하나의 결론에 이른다. 후회가 남지 않도록 더 깊이 몰입해서 하고 싶은 걸 다 해보자.

그래서 나는 다시 현재에 충실한 사람이 된다. 과거의 후회가 남지 않아야 미래를 향할 수 있다.

죽도록 최선을 다해 하루하루 생명을 연장하고 있는 지금은 나, 중년의 발레리나는 더더욱 거짓으로 춤추고 싶지 않다. 언제나 나의 100%를 다 하는 것, 이것이 내가 춤과 관객을 대하는 태도이다.

나는 언제나 발레단에 가장 먼저 가서 제일 늦게 나왔다. 휴가도 있고, 병가와 월차도 있었지만 제대로 사용해 본 적이 없다. 하루라도 쉬면 큰일 날 것 같았다. 열심히 갈고닦은 날이 무뎌지지 않도록 쉬는 날에도 발레단에 나가 몸을 풀고 연습을 했다. 한 해가 바뀌는 12월 31일부터 1월 1일 사이의 시간마저도 연습실에서 보내는 게 익숙했다.

그때는 휴가 기간이 되레 힘들었다. 긴 휴가가 주어지면 언제나 심하게 앓곤 했다. 긴장이 풀리면서 열이 40도까지 오르고 극심한 근육통에 시달렸다. 춤추기 좋게 맞춰 놓은 근육들이 꿈틀꿈틀 제자리로 돌아가느라 몸살이 나는 느낌이었다. 그렇게 벼락같이 앓고 나면 휴가가 남아 있어도 연습실에 갔다. 가족도 친구도 이렇게밖에 못하는 나를 가엾이 여겼지만, 아무도 나를 더 쉬게 하려고 하거나 바람이라도 쐬자고 권유하지 않았다. 발레를 해야 내 본래의 에너지가 돌아온다는 것을 알고 있었던 거다.

무대 위에서는 오랜 기간에 걸친 준비와 연습이 집약되어 펼쳐진다. 연습한 과정을 실수 없이 관객에게 보여줘야 한다.

연습이 충분하면 불안은 사라진다. 완벽한 공연을 위해 모든 경우의 상황을 연습한다. 때때로 컨디션이 안 좋을 때도 있고, 통제할 수 없는 외부적 요인으로 인해

심리적으로 불안해질 수도 있다. 그럼에도 이 모든 실수의 패턴을 줄이기 위해 셀 수 없을 만큼의 반복을 거친다.

내가 이토록 발레를 사랑하는 이유는 무대가 거짓말을 용납하지 않기 때문이다. 무대 위에서는 노력과 땀으로 닦아온 진실만이 드러나고 빛을 발한다. 이것이 바로 내가 추구하는 예술의 깊이다.

때로는 실전에 약하다며 자책했던 내가 떠오른다. 기대에 못 미치는 결과에 대해 실수라 말했지만 지금의 나는 다르게 생각한다. 스스로의 능력을 과대평가했거나 준비 과정에서 최선을 다하지 않았던 거다.

최선을 다했다는 말에는 실패에 대한 핑계가 숨겨져 있다고도 한다. 누군가는 정말 최선을 다했다고 하며 안타깝다고 말하겠지만 무엇보다 중요한 것은 자기 자신을 숨기지 않는 것이다.

나 역시 어릴 적에는 기대에 못 미치는 결과에 대해 최선을 다했다고 말하며 실수라 말한 적이 있다. 하지만 지금 생각해 보면 결국엔 언제나 나의 연습 부족 때문이었다. 관객과 불과 한두 걸음 거리로 마주하는 무대에서 진실을 보여주려면 준비와 연습 모두 한순간도 소홀히 하지 않아야 한다는 생각이다.

　하루를 쉬면 내가 알고 이틀을 쉬면 옆 사람이 알며 사흘을 쉬면 관객이 안다는 말이 있다. 거짓 노력은 언젠가 모두에게 들키기 마련이다.

　무엇보다 발레는 나 혼자만의 힘으로 모든 것을 할 수 있는 예술이 아니다. 나보다 더 많이 노력했을 동료와 함께하며 좋은 무대를 만드는 것. 그러한 에너지로 무대 끝까지 전달되는 예술을 만들어내는 것.

　그것이 바로 내가 발레를 선택한 이유이기도 하다.

그 무렵

　　나는

　　　고래가

　　되어

　　　　먼바다를

　　　　항해하는

　　　　　꿈을

　　　　　자주

　　　　꿨다.

3막

3부

3장

다시 고래가 되어 바다로

2012년, 국립발레단이 세상에 첫발을 내디딘 지 50년, 그리고 내가 프로 발레리나로서의 길을 걸어온 지 15년이 되던 그해, 나는 발레단을 퇴단했다.

발레단 생활을 하는 동안 내 삶은 늘 비슷하게 흘러 갔다. 리허설과 공연이 반복됐다. 새로운 작품을 만나 면 적응하느라 정신이 없었고, 만났던 작품을 다시 하 게 되면 더 깊어지고 잘하고 싶어 정신이 없었다. 그렇 게 몇 작품을 하고 나면 한 해가 지나갔다. 순간순간 파도가 일었지만 대체로 고요했다. 퇴단은 갑작스러웠지만 충동적인 결정은 아니었다.

발레단 생활은 고되지만 행복했다. 세계적인 안무가들을 만나고, 세계적인 무용수들과 교류하는 등 국립발레단 단원이 아니라면 결코 할 수 없는 귀한 경험들을 할 수 있었다. 15년 동안 나는 국립발레단의 모든 레퍼토리를 공연했고, 원 없이 또 쉼 없이 춤췄다.

그 무렵 나는 고래가 되어 먼바다를 항해하는 꿈을 자주 꿨다. 틀을 벗어나 자유롭게 살고 싶은 무의식이 반영된 결과였을 거다. 발레단 안에서 15년 동안 누군가의 선택을 받는 삶을 살아왔다면, 내가 선택하는 삶도 살아보고 싶었다. 공연하고 싶은 작품을 찾고, 함께하고 싶은 예술가들을 찾고, 나의 이야기를 해보고 싶었다. 그렇게 관객과 소통하며 나의 작품을 만들어보고 싶었다.

발레단의 문을 나서면서, 내 앞에 펼쳐진 길이 언제나 빛나지만은 않을 것이라고 깊이 각오했다. 그 길 위에서는 늘 관객의 사랑을 받는 것도 아닐 것이고, 발레리나로서 빛나는 모습을 계속해서 보여주며 클래식 발레 전막 공연을 할 수 있을지도 확신할 수 없었다. 그러나 발레의 각 동작마다 지닌 미묘한 변화처럼, 나의 춤도 나만의 방식으로 새롭게 태어날 수 있다는 확신이 있었다.

　독일의 작가 '헤르만 헤세'는 그의 나이 42세에 쓴 소설 『데미안』에 이렇게 적었다. "새는 알에서 나오려고 애쓴다. 알은 새의 세계이다. 태어나려는 자는 한 세계를 깨뜨리지 않으면 안 된다."

　한계를 벗고 나와야 새로운 삶을 펼칠 수 있다는 이 말은 수많은 도전 속에서 살아가는 우리에게 버거움으로 느껴지기도 한다. 그러나 그 한계를 깨뜨리지 않으면 새로운 세계는 보이지 않는다.

나 역시 새로운 도전을 위해 익숙한 곳을 벗어나 낯선 곳을 찾아간 것이다. 이후 새로운 경험, 지식, 사람들을 만나기 위해 수도 없이 낯선 문을 두드렸다. 또 발레리나로서 삶이 익숙해졌다는 생각이 들 때마다 자발적으로 '추방된 자'가 되기 위해 노력했다. 그것이 바로 새로운 세상을 만나기 위한 나만의 방법이자, 그렇게 해야 새로운 세상을 볼 수 있게 된다는 것을 어느 순간 알았기 때문이다. 이러한 도전의 순간들이 나를 앞으로 밀어주며, 도전을 향해 날아가게 만드는 원동력이 된다는 것을 알고 있었다.

높이 날아오르는 것 그리고 새로운 꿈을 꾸는 것. 어쩌면 이 모든 것이 현실에서는 이루어지기 힘든 것임을 알지만 상상할수록 즐거운 일이다. 멈추지 않는 삶 속에서 나의 존재의 이유를 느끼며 가치를 찾아내는 것. 이것이 내가 예술을 하는 궁극적인 목적이다.

이제는 스스로에게 물어보고 싶다. 그쪽 바다에서 쳐다본 나는 어떤 빛을 내고 있는지. 아직은 아니더라도 은빛 바다와 같이 나만의 색깔을 내기 위해 찾아가고 노력하고 있는지.

인연

국립발레단 시절 공연했던 작품은 모두 내게 처음인 레퍼토리였다. 새로운 작품을 익히다 보면 시간이 정말 빨리 지나갔다. 그렇게 자연스럽게 내게 집중하게 되면서 시간들을 흘려보냈다. 작품에 집중하다 머릿속이 복잡할 때는 책을 읽거나 이어폰을 끼고 음악을 들었다.

나뿐만 아니라 무용수들은 개인주의 성향이 강하다. 일할 때는 잘 뭉치지만, 그렇지 않은 경우엔 각자의 방식으로 자신의 삶을 지킨다. 15년 동안 발레단 생활을 하다 보니 그것이 단체 생활에 임하는 가장 건강한 자세라는 걸 알았던 거다. 사람들과 대화하면서 스트레스를 풀고 텐션을 끌어올리는 사람이 있는가 하면, 나처럼 고요한 상태를 만들어 자기 안으로 들어가는 사람도 있다. 누구는 책을 읽고 음악을 듣고, 누구는 틈날 때마다 밖에 나가 걷는다. 누구는 탈의실에 누워 시체처럼 잠을 잔다.

발레는 그렇게 합리적인 개인주의자들이 만들어내는 기막힌 합동 공연이다.

하지만 예술감독의 역할은 결코 개인적일 수 없다. 작품을 제작해 무대에 올리면서 나는 발레리나 겸 예술감독이 됐다. 내가 하고 싶은 이야기들을 작품으로 만들고 싶었다. 협력할 사람들을 모으고 무용수를 섭외해 작품을 만들면서 자연스럽게 무용수에서 예술감독의 역할로 삶이 흘러갔다.

춤만 출 때와는 달리 신경 써야 할 것들이 많았다. 피디 역할부터 캐스팅 디렉터 역할 등을 하면서 작가와 음악감독, 안무가와도 소통해야 한다. 스태프들과 많은 이야기를 나누며 나온 그들의 생각을 작품 구석구석에 전달해야 하는 것도 예술감독의 몫이다. 무대 디자이너와 콘셉트를 상의하는 것도, 조명감독과 빛의 흐름을 이야기하는 것도, 의상 디자이너와 캐릭터의 외형을 잡아가는 것도 모두 예술감독의 역할이다.

작품이 만들어지는 모든 과정에 관여하고 빠르게 판단해 결정을 내려야 한다. 그리고 많은 스태프들의 생각을 잘 모아 작품에 색을 입혀 간다. 이 힘들고도 값진 과정을 몇 번 치르면서 인연에 대해 생각하게 된다. 어린 발레리나를 지나 예술감독까지의 여정에서 만난 인연들에 대해서도.

인연. 단 두 글자로 이루어진 단어지만 이보다 삶을 더 풍요롭게 만들어줄 수 있는 것이 있을까. 내 삶은 나

혼자가 아닌 다른 이들과의 인연으로 성장했다. 내가 지나온 발자국들 중에서 어느 곳보다 깊게 새겨진 자취들은 다른 이들과 함께했던 흔적들이다. 그때는 몰랐었지만 더욱더 짙게 눌렸던 그 발자국들은 언제나 인생의 방향을 곧게 잡아주는 계기가 되었다.

혼자라면 절대 시작할 수 없었던 여러 작업들을 이런 감사한 인연들과 함께였기에 이루어낼 수 있었다. 오가는 인연 속에서 새로운 무언가를 계속 발견하고 더 성숙한 다음 단계를 기다리는 여정. 발레리나에서 예술감독으로 걸어가는 나에게 이 소중한 협업들은 예술과 인연에 대해 되새겨 보는 시간이 되어준다.

발레는 리허설이다

한 작품을 무대에 올리기까지 나는 언제나 정신없이 바빴다. 한눈팔 여력조차 없었다. 아침에 일어나 운동을 하면서 비장한 각오를 다졌고, 연습실에 가장 먼저 들어가 맨 마지막으로 나왔다. 집에 와서 잠들기 전까지 물리 치료를 하거나 반신욕을 하면서도 머릿속은 온통 작품 생각밖에 없었다.

어느 날은 동작이 너무 잘돼서 행복에 빠졌다가 어느 날은 쉬운 동작 하나 제대로 못해 예민해지곤 했다. 연습을 하는 동안은 내가 멈춰 있는지 성장하고 있는지 알 길이 없다. 그저 그 시간에 집중하고 최선을 다한다. 어제의 나와 오늘의 나는 크게 다르지 않아 보인다.

그러다 작품을 끝내고 나면 한두 달 사이 몸도 마음도 달라져 있다. 작품을 준비하고 무대에 올리는 동안 무용수들은 다양한 경험을 한다. 예를 들어 캐릭터 연구를 하는데, 같은 작품이라 할지라도 10년 전에 표현했던 캐릭터와 5년 전에 표현한 캐릭터가 다르다. 그 사이 내 삶의 궤적이 몸에 더 깊이 새겨졌기 때문이다. 예술적인 면이든 철학적인 면이든 '지금의 나'가 더 많이 담기게 된다.

무용수는 단순히 움직임만 보여주는 게 아니다. 움직임 안에 이야기와 진정성을 담아야 한다. 클래식 발레의 정해진 틀 안에서 어떤 정서를 어떻게 깊이 있게 표현할 것인가는 무용수 각자의 몫이다. 10년 전에는 캐릭터의 감정을 단순히 '슬픔'이라는 결과로 표현했다면, 지금은 그 '슬픔'을 받아들이는 과정에 대해 생각하고 그 과정이 이후의 춤에 어떻게 표현될 것인가에 대해 치열하게 고민한다. 그런 다음 모든 것을 비워내고 그 자체로 표현하려고 노력한다.

새로운 작품을 시작하면 생각이 많아져 움직임이 복잡해지는데, 삶의 궤적이 쌓여가면서부터는 불필요한 생각과 동작을 걷어내면서 깊이 있게 비워낼 수 있게 됐다.

어렸을 때 나는 발레를 통해 인생을 배웠다. 극 안에 담긴 희로애락의 감정이 현실에서의 감정을 대신했고, 극중 인물들이 나의 친구이자 선생님이고 사랑이었다. 그러다 어느 순간부터 발레에 내 삶을 담기 시작했다. 나는 늘 "발레는 리허설이다."라고 말한다. 처음에는 발레를 통해 인생을 배웠다면, 30대 중반 즈음부터는 내 삶이 내 춤에 담기기 시작했다.

무대와 춤, 발레는 곧 나의 삶이라고, 어릴 땐 멋진 척 폼 잡으며 한 말이었지만 앞으로 언제까지 더 춤을 출 수 있을지 모르는 지금은 정말 그 말의 무게를 느낀다. 무대에 서 있는 순간조차 다음 무대를 위한 리허설이라고 생각한다.

"지금 제 춤에는 온몸과 온 마음으로 무대와 관객을 사랑했고, 사랑하고, 사랑하고 싶은 김주원이 담겨 있습니다. 그럼에도 아직 완성되지 못해 여전히 많은 것에 설레고 심장이 뜨거워지죠. 호기심을 갖고 계속 달리려고요. 또 다른 무대와 세상, 춤을 향해서요!"

―2021년 《서울신문》 인터뷰 중에서

내 인생의 등대

나는 주목받지 않는 작은 순간들에 더 집중한다. 작품 안에서도 감정이 고조되는 클라이맥스가 아니라 관객도 스태프도 눈치채지 못하는 사소한 신에 꽂혀 그 신에 내 모든 감정을 담아내려고 안간힘을 쓰곤 했다. 마음먹은 대로 되지 않는 동작을 반복 연습해 되도록 만드는 건 당연한 일이고, 아무리 박수와 칭찬을 받아도 내가 표현하고자 한 지점에 도달해야 비로소 만족감을 느끼곤 했다.

내게는 가고자 하는 길을 정하고, 그곳까지 가는 과정이 너무도 중요하다. 대충이라는 건 생각할 수조차 없다. 죽도록 열심히 최선을 다해야 한다. 그렇게 스스로를 극한으로 내몬 이후, 목표 지점에 도달했을 때만이 편안해질 수 있다.

하지만 만족스러운 모습으로 목표에 도달하는 것은 결코 쉬운 일이 아니다. 그 스트레스는 불안 장애처럼 표출되기도 하고 강박 증상으로 나타나기도 한다.

어린 시절 나는 원인을 알 수 없는 강박에 시달리곤 했다. 언니와 오빠, 여동생 사이에서 내 영역을 반드시 지켜야 했고, 침범당했다고 느끼는 순간 불같이 화를 내곤 했다. 왜 그렇게 내 영역을 사수하려고 욕심을 냈는지는 잘 모르겠다.

〈금쪽같은 내 새끼〉라는 TV 프로그램에는 종종 너무 예민해 자신을 컨트롤할 수 없어 문제가 되는 아이들이 나온다. 어린 시절을 돌아보면, 나는 '금쪽이'에 가까웠다. 평균보다 높은 예민함을 가진 아이들은 생활에 종종 불편을 겪곤 하는데, 겉으로는 문제가 없어 보이기 때문에 부모들이 고민한다. 아이들이 예민한 이유는 불안하고 불편해서다. 아무도 마음을 몰라주니 예민함이 극에 달하는데, 심한 경우 피부에 발진이 일어나기도 하고 청각이 약해지거나 환청을 듣는 아이도 있다.

내가 딱 그랬다. 어린 시절 언젠가 가족들이 손을 잡고 목욕탕에 갔었다. 겨울이라 엄마가 새 내복을 사서 입혀 줬는데, 상표가 달려 있었던 건지 화학 약품이 덜 빠졌던 건지 내복을 입고 너무 따가워 사지가 마비됐었다. 멀쩡히 걸어 목욕탕에 가던 내가 못 걷겠다며 길에 누웠고, 언니가 울며 발버둥치는 나를 업고 겨우 집으로 데려왔다. 내가 여섯 살이었으니 언니는 겨우 초등학교 1학년이었다.

악몽을 꿔서 자다가 소리를 지르기도 수차례, 백색

소음이 날카롭게 돌변해 온몸을 찔러대 잠을 자지 못한 적도 있었다. 나는 치료가 필요한 수준의 금쪽이였고, 다행히 부모님은 오은영 박사님처럼 나만의 주치의가 되어주곤 했었다.

나는 늘 궁금했다. 이런 강박과 예민함은 어디에서 온 걸까. 나는 내 자신에 대해 오래도록 깊이 생각하곤 했다. 누구보다 나는 나를 이해하고 싶었다.

삶이 바다 위의 조그만 배와 같다고 느낄 때가 있다. 큰 파도에 휘말려 방향을 잃을 때도 있다. 암초와 같은 물음표 속에 갇혀 앞으로 나아가지 못하는 순간들도 있다. 하지만 어쩔 도리가 없다. 결국엔 항해를 이어간다. 비바람을 맞고, 폭풍우 속에서도 지나왔던 길을 더듬어 방향을 찾고 다시 나아가는 것이다.

무수한 날들을 거쳐 도달하는 바다의 끝에는 평온하

고 넓은 바다가 나를 기다리고 있다. 그곳에서만 느낄 수 있는 진정한 평화와 만족이다. 그곳으로 인도했던 등대는 언제나 발레였다. 그래서 내가 발레에 빠지게 된 건가 싶기도 하다.

발레는 '나'로부터 시작한다. 발레는 몸으로 무언가를 표현하는 일이다. 손가락을 어떻게 움직일지 고민하는 것, 내 몸이 어떻게 생겼는지 관찰하는 것, 내가 무엇을 좋아하는지 생각하는 것. 예를 들어 감정을 표현하려면 어깨와 손가락을 어떻게 이용해야 할지 고민하는 것이 발레의 시작이다. 그런 사소한 것들에 대해 생각하고 느껴봐야 스스로의 생각과 감정을 표현할 수 있게 된다. 그림을 그릴 때도, 노래를 부를 때도 마찬가지일 것이다.

세상을 받아들이기 힘들었던 어린 나는 발레라는 예술을 만나면서 세상 속으로 걸어 들어갈 수 있었다. 누구든 예술을 자신의 삶 속에 들이게 된다면 진정한 나를 발견하게 되고, 스스로를 도울 수 있게 될 거라고 믿는다.

나를 알아야 상대를 이해할 수 있고, 나를 사랑해야 상대도 사랑할 수 있다. 결국 나를 잘 안다는 건 나를 배려할 수 있게 된다는 의미이기도 하다. 내가 좋아하는 것과 싫어하는 것, 내가 원하는 것과 원하지 않는 것을 정확히 알면 스스로에게 친절하게 된다. 그 친절은 상대방에 대해서도 적용된다.

그래서 예술 교육은 어렸을 때부터 받아야 하고, 그 시기를 놓쳤다면 성인이 되어서라도 반드시 교육의 기회를 가져야 한다고 생각한다. 예술은 정서적인 치유 효과가 있기 때문이다. 실제로 많은 이들이 정신적 아픔을 겪거나 육체적 시련을 겪을 때 예술 치료를 받는다.

운동이 몸의 근육을 풀어주듯, 예술은 우리의 감정을

풀어준다. 특히 발레는 몸의 모든 근육과 마음의 모든 감정을 동시에 활용하는 복합적인 예술이다. 나는 운이 좋게도 이러한 발레의 복합성을 통해 몸과 마음, 그리고 정신 모두가 조화롭게 발전할 수 있었다. 나는 발레와의 운명적인 만남을 통해 행운을 누리고 있다고 느낀다.

발레는 그저 무대 위의 예술이 아니다. 그것은 우리의 삶에서 필요한 감정 교육, 그리고 그를 통한 성장의 도구이다. 따라서 예술을 삶 속에 둔다는 것은 단순히 선택이 아닌 필수라고 생각한다.

발레는 나 자신을 깊게 비추는 거울 같은 예술이다. 그 거울 속에서 나의 불완전함을 발견하고 이를 솔직하게 인정하는 동시에 그것을 극복하기 위한 힘을 찾아낸다. 그렇게 발레는 단순한 춤이 아니라 인간의 삶과 감정, 그리고 자아를 탐구하는 여정이다. 그 여정 속에서 나를 더 깊게 이해하게 되며 더 성장하게 된다.

결국 발레는 나의 삶의 등대가 되어주었다.

우리의 아이들에게도 이 거울을 선물하고 싶다. 아이들이 어릴 때부터 예술, 특히 발레와 함께한다면 그 풍부한 감정의 세계를 체험하게 되고, 그것이 결국은 그들이 살아가는 데 큰 자산이 될 것이다. 나를 더 배려하는 사람으로 만들었고, 나의 부족한 부분을 고치기 위해 끊임없이 나 자신을 돌아보게 한 예술의 힘. 이 힘이 분명 아이들에게도 전달될 수 있다고 믿는다. 예술은 분명 아이들에게도 마음속에 새겨진 숨은 감정들을 끌어내어 세상에 선물로 보답할 것이다.

예술 그리고 발레는 내 인생의 가장 깊은 부분, 그곳에 가장 큰 보물로 남아 있다.

예술가의 재능으로

예술이 내 마음을 가득 채운 순간들이 있다. 어릴 적 듣던 쇼팽의 '녹턴', 추운 겨울날 버스정류장 앞 레코드숍에서 들리던 김동률의 노래, 러시아 아르바트 거리에서 대학생 화가가 스케치북에 그려줬던 꽃의 모습. 이러한 기억은 생각만으로도 가슴을 따뜻하게 한다. 나역시 발레를 통해 사람들의 마음에 햇살과 같은 따뜻함을 주고 싶었다.

국립발레단이 국립극장 내에 있던 시절 매달 마지막

주 수요일은 특별했다. 달오름극장에서 '해설이 있는 발레' 공연을 무료로 관객에게 선보이곤 했는데, 소극장 공연이라 전막을 보여주지 못하고 하이라이트만 새롭게 구성해 보여줬다. 발레는 마니아 층이 확실한 장르이기에 무료 공연을 한다는 소식을 처음 접했을 땐 기대와 함께 걱정스러운 마음이 들기도 했다.

언젠가 '해설이 있는 발레 공연'의 레퍼토리 중 하나로 〈지젤〉을 공연한 뒤였다. 당시엔 팬레터나 선물 등 다양한 우편물이 배달되곤 했는데 공연이 한참 지난 뒤 배달 온 편지 한 통을 읽게 됐다.

IMF로 인해 남편 사업이 망했다고 했다. 남편은 빚쟁이들에 쫓겨 어딘가를 떠도는 중이고, 아이 셋을 혼자 키우고 있는데 너무 힘들다고. 고통스러운 현실이 절대 끝나지 않을 것 같아 죽을 결심을 했는데, 우연히 발레 공연을 보게 됐고, 너무 많이 울었다고 했다. 소극장 공연이라 객석과의 거리가 가까웠다. 무용수들이 거친 숨을 몰아 쉬며 땀을 흘리는 모습을 보는데 하염없이 눈물이 났다고 했다. 그래서 다시 한번 열심히 살아보겠다고 결심했다며 고맙다고 편지를 보낸 거였다.

그때까지 나는 춤을 출 때 나의 감정과 움직임에 대해서만 생각했다. 내 몸을 어떻게 컨트롤하고, 어떻게 아름다운 라인을 보여주고, 어떻게 파트너와 함께 완벽한 동작을 만들어낼 수 있을지 고민하고, 연습했다. 무대 위에서 완벽하고 싶었다. 내가 가진 콤플렉스를 들키고 싶지 않았고, 실수는 용납할 수 없었다. 그렇게 완벽한 동작을 위해 나에게만 집중하던 중 그 편지를 통해 발레라는 예술이 감동을 넘어서 누군가의 삶을 바꿔놓을 수도 있다는 걸 깨달은 거다. 그때부터 내 춤이 달라졌다. 최선을 다해 춤 안에 진정성을 담기 시작했다.

예술은 일상생활에서 겪는 스트레스의 해소나 일상

에서의 작은 휴식에만 그치지 않는다. 예술만이 갖고 있는 능력은 사람에게 가장 중요한 '감정'이라는 것을 어루만져 주는 특별한 수단이 되기도 한다. 어떤 이에게는 끝을 모르는 깊은 어둠 속에서 작은 촛불이 되어 주고, 어떤 이에게는 삶의 가치를 다시금 느끼게 해주는 위로가 된다.

그 힘을 알게 된 순간부터 나는 무대 위에서 내 춤이 완벽함만을 추구하는 것이 아니라, 누군가의 삶 속에 불을 지피는 작은 촛불이 되기를 바랐다. 단순한 움직임에서 벗어나 사람들의 마음속까지 다가가기 위한 무언가가 되고자 했다. 나의 춤이 단순한 미의 표현과 움직임의 연속이 아니라 사람의 마음을 위로하고 치유할 수 있기를 바랐고, 한 사람의 삶을 바꿀 수 있는 힘을 갖기를 바랐다.

헤르만 헤세가 말했다. "모든 예술의 궁극적인 목적은 인생이 살 만한 가치가 있다는 것을 일깨워 주는 것이다. 또한 그것은 예술가에게 더없는 위안이 된다."라고. 이 말이 나에게 어떠한 감정을 주는지는 쉽게 말로 표현할 수 없다.

예술을 표현할 수 있다는 것은 아름다운 재능이다. 인간의 감정을 감싸안는 것보다 더 아름다운 일이 있을까. 누군가에게 아름답고 행복한 시간을 선사할 수 있다는 것은 근사하고 멋진 일일 것이다.

앞으로도 발레리나의 길을 걸으며 작은 촛불이 되어 사람들에게 감동을 주고 꿈꾸게 하는 무대를 만들고 싶다.

젊음의 예술

〈로미와 줄리엣〉을 함께 공연한 지휘자 선생님은 "발레리나들은 미친 것 같다."라고 했다. 클래식 연주자들도 수련에 가까운 연습 과정을 거치는데, 발레리나가 리허설 하는 것을 보니 미치지 않고는 할 수 없는 일 같다면서.

"그래서 수명이 짧은가 봐요."

대부분의 발레리나는 마흔 살 이전에 토슈즈에서 내려온다. 제아무리 몸 관리를 열심히 해도 클래식 발레를 이어가기엔 체력이 따라주지 않는다. 발레는 조용하게 미친 자들이 뼈가 자라기 전부터 모든 것을 쏟아부어 몸을 바꿔가며 만드는 예술이지만, 대부분 마흔 살 이전에 커리어가 끝난다. 그래서 젊어 한때 에너지를 모두 태우고 사람들의 기억 너머로 사라지는 발레리나의 삶을 종종 불나방에 비유하곤 한다.

은퇴하는 선배들을 보면서 어릴 때는 마흔 살이 젊은 나이라고 생각하지 못했다. 그런데 내가 마흔 살이 되어보니 달랐다. 감성적으로는 이제야 춤이 뭔지 알겠는데, 체력적으로는 한계를 느낀다.

클래식 발레는 젊음의 예술이다. 간혹 나이가 든 후에도 기량이 뛰어나 클래식 발레를 출 수 있다 해도, 더 이상 요정이나 소녀 역할이 잘 어울리기란 쉽지가 않다. 나 역시 30대 중반에 〈호두까기 인형〉의 마리에 캐스팅됐지만 고사한 적이 있다. 〈잠자는 숲속의 미녀〉의

오로라 공주는 16살이고, 지젤과 줄리엣도 모두 16살이다. 마리는 그보다 더 어리다. 동작을 완벽하게 할 수 있다고 해서 언제까지 마리나 오로라 공주, 줄리엣을 잡고 있을 수는 없다. 그래서 30대 후반의 나는 늘 이별을 준비했다. 언제 이별할지 모르는 캐릭터들과 매번 마지막이라고 생각하고 불꽃 같은 춤을 췄다.

물론 지긋하게 나이 든 전설적인 발레 무용수가 무대에 서는 것만으로 감동을 줄 때가 있다. 하지만 관객들이 원하는 것은 60대의 마리나 지젤은 아닌 듯하다. 그래서 발레 무용수는 30대 후반 즈음이 되면 죽도록 사랑하던 클래식 작품 속 캐릭터에 작별을 고하기 시작한다.

나는 삼십 대 중반부터 현명하게 나이 드는 발레리나가 되고 싶었다. 잔잔해 보이지만 멈추지 않고 흐르는 바다처럼 잘 흘러가는 발레리나가 되고 싶었다. 지금의 나의 몸과, 지금의 나의 정신과, 지금의 나의 철학에 맞는 춤을 추는 발레리나가 되고 싶어서 내 춤을 만들기 시작했고, 김주원만이 출 수 있는 작품들을 만들기 시작했다. 그래서 여러 장르와의 협업을 통해 많은 언어들을 배워보고 내 춤에 녹여냈다. 나만의 춤을 추는 발레리나가 되고 싶었다. 그렇게 작품을 만들어온 지 거의 15년이 되어간다. 무대에서 관객들과 소통을 시작한 지는 30여 년, 처음 관객들을 만났던 그 순간의 설렘은 여전히 매 순간 무대에 설 때마다 찾아온다.

오늘도 이 무대가 마지막인 것처럼 춤추는 발레리나 김주원은 아직도, 작품을 만들고 무대에 올릴 때마다 기도한다. 관객들이 나의 무대에서 감동받고, 아름다운 환상의 세계를 발견하게 해달라고. 그들과 진정한 소통을 하게 해달라고.

꿈을

찾는

사람들에게

나는

어떤

역할을

해 줄 수

있을까.

4막

4부

4장

지금 이 순간에 최선을 다하는 것

때때로 나 혼자 멈춰 서 있다고, 뒤처져 있다고 느낄 때가 있다. 그럴 때면 마음이 괜히 조급해진다. 엄청난 콤플렉스에 사로잡혀 한없이 작아져 버린 채 옴짝달싹하지 못하겠는 순간들도 있다. 그럴 때일수록 나는 지금이 순간에 최선을 다해 본다. 당장 아무런 방법도 없고, 벗어날 수조차 없을 때, 지금 내가 할 수 있는 모든 것을 쏟아붓다 보면 막막했던 길이 하나씩 보이기 시작한다.

이 길이 맞는지 알아보는 길은, 이 길의 끝까지 가보

면 된다고 했다. 답이 없을 때, 한없이 주저앉고 싶어질 때는 최선을 다해 부딪혀 보는 수밖에 없다.

지금도 여전히 자주 혼란스럽고 답을 알 수 없는 상황들이 펼쳐지지만, 지금도 여전히 나는 똑같은 결정을 내린다. 지금 이 순간에 최선을 다하는 것. 주어진 현실이 불분명하고 확신도 없고 불안하지만, 그럼에도 최선을 다해 나를 던져보는 것이다.

내 인생은 나만이 바꿀 수 있다. 아무도 날 대신해 줄 수 없다. 두려움 속에서 용기를 찾아내고, 매 순간 최선을 다해 부딪히고, 끝까지 가보는 거다.

누구에게나 단 한 번의 무대만 주어진다는 인생에는 예행 연습이 없다. 그래서 나는 오늘도 나의 인생 무대에서 최선을 다해 진심으로 연기한다. 원하는 만큼의 결과가 나오지 않았다고 해도 괜찮다. 최선을 다한 후의 결과는 후회가 없으니까.

  좋았다면 추억이고 나빴다면 경험이라는 말처럼, 그래서 오늘도 나의 무대에서 최선을 다해 나의 삶을 연기한다. 그것이 나의 인생, 나의 무대다.

일상을 단조롭게, 에너지를 모아본다

발레를 뺀 내 인생은 설명할 길이 없다.

발레 외에 아는 것도, 잘하는 것도 없다.

   우아하고 여유롭게 물 위를 유영하기 위해 백조는 물 아래서 끊임없이 물갈퀴질을 한다. 발레리나의 삶도 비슷하다. 그 항상성을 유지하기 위해 나는 해마다 조금씩 더, 엄청나게 노력해 왔다. 지금도 아침마다 세 시간씩 운동을 하는 이유는 계속 토슈즈를 신고 싶기 때문이고, 일을 마치고 사람들과 어울리지 않고 집에 가서 쉬는 이유는 다음 날의 일정을 위해서다. 귀찮아도 아침저녁으로 반신욕을 빼먹지 않는 이유는 긴장되고 굳어 있는 근육을 풀어줘야 하기 때문이고, 때로는 늦은 시간까지 여유를 부리고 싶어도 정해진 시간에 억지로 불을 끄고 침대에 눕는 것 또한 다음 날의 일정 때문이다. 이렇게 치열하게 노력해야 겨우 무대에 설 수 있으니 일과 삶을 분리한다는 것은 불가능하다.

이 나이까지도 토슈즈를 신고 있다 보니 내 삶은 매우 단조로울 수밖에 없다. 나이가 들고 과도한 운동이 오히려 독이 될 수 있다는 전문가의 조언에 얼마 전부터 몸에 쉬는 시간을 주고 있지만, 20~30대 때보다도 훨씬 더 철저하게 관리한다.

모든 발레 무용수가 마찬가지다. 아침마다 잠에서 깨면 몸이 안 아픈 날이 없을 정도로 매일 아픈데, 연습실에 가기 전까지 몸을 부드럽게 만들어야 부상 위험을 줄일 수 있기 때문에 매일 한두 시간씩 정성스럽게 스트레칭을 한다. 그리고 연습실에서 리허설을 마치고 개인 연습을 하는데, 연습을 마친 후에는 거의 모든 발레 무용수가 물리 치료를 받거나 보강 운동을 한다. 그리고 집에 와서 반신욕을 해 뭉친 근육을 풀어준다.

일상을 단조롭게 하고 에너지를 축적해 춤을 추는 데 집중한다. 만약 조금이라도 루틴에서 어긋난 생활을 하면 다음 날 몸이 달라졌다는 걸 스스로 느낀다. 내가 좋아하는 것들과 적당히 거리를 두고 발레에 집중해 왔다. 아무리 좋은 것도 발레만큼 좋지는 않았던 것 같다.

나는 취미도 특기도 모두 발레다. 일이 곧 취미이자 특기라고 하면 주변에서는 안타까운 시선을 보내기도 한다. 긴장의 강도가 높은 일을 하는 사람들은 본능적으로 일 외에 긴장되는 상황을 만들지 않으려 노력한다. 그래야 버틸 수 있기 때문이다.

발레는 리허설 자체가 초긴장 상태다. 손가락 두 마디를 합쳐 놓은 크기의 토슈즈 위에서 발끝으로 서서 춤을 춰야 하기 때문에 연습과 리허설, 공연의 전 과정에서 조금도 긴장을 늦출 수가 없다. 나 역시 토슈즈를 신는 이상 '발레와 관련된 것' 이외의 시간은 의도적으로 긴장되는 상황을 만들지 않으려 노력해 왔다.

지금도 공연장이나 연습실에 다가갈 때면 심장이 거세게 뛴다. 발레단을 그만둔 2012년까지 양재역을 지나 멀리 예술의전당 건물이 보이면 심장이 터질 것처럼 설렜다.

〈지젤〉을 할 때는 안무가 파트리스 바르를 만나 리허설할 생각에, 마츠 에크 작품을 준비할 때는 안나 라구나(조안무가이자 마츠 에크의 뮤즈)를 만나러 갈 생각에, 장 크리스토프 마이요의 〈로미오와 줄리엣〉을 할 때는 베르니스 코피에테르를 만날 생각에서다. 〈호두까기 인형)과 〈스파르타쿠스〉의 유리 그리고로비치 선생님을 만날 때도 그랬다. 항상 심장이 터질 것처럼 설렜다.

좋아하는 일을 한다는 것에는 힘들고 어려운 상황을 잘 버티고 이겨내는 힘이 포함되어 있는 듯하다. 발레를 지속하기에 부족함이 많았지만 지속하고 성장할 수 있었던 건 진실로 내가 발레를 사랑하기 때문이다. 어릴 때 발레를 접하고 한눈에 내가 평생을 바쳐 사랑할 대상임을 알아본 것, 과감하게 발레를 선택하고 오랫동안 한눈팔지 않고 발레 안에서 답을 찾으려고 노력했던 것 모두 내게 행운이었다.

때를 기다리는 지혜

하루의 일정을 마치고 창밖을 보면 가끔 놀랄 때가 있다. 어느새 살을 찢고 잎을 낸 나무들부터 오랜 변화의 시간을 거쳐 세상으로 나오는 풀벌레까지…… 고통을 이겨낸 뒤에도 때를 잊지 않고 스스로를 피워내는 자연의 풍경이 참 아름답고 경이롭다는 생각을 하곤 한다.

춤을 춰온 나의 지난 시간들을 떠올려보면 매 순간이 자연의 섭리와 참 닮아 있는 듯하다. 자기의 때를 위해 오랜 시간 기다리는 나무와 동물 그리고 넓은 자연처럼 준비된 때를 기다리는 지혜가 필요하다는 생각이 든다.

예술에는 완전한 희극도 비극도 존재하지 않는 것 같다. 셰익스피어의『로미오와 줄리엣』의 죽음이 비극으로 다가오는 것도 두 사람의 찬란한 젊음과 사랑의 기쁨이 죽음과 극명히 대비됐기 때문이다. 빈센트 반 고흐는 '별이 빛나는 밤'에서 황량하고 짙은 파란색 위에 밝게 빛나는 별들로 어두움과 밝음을 함께 그려놓았다. 고흐에게 밤하늘과 별은 결코 따로 떼어놓을 수 없는 복합적인 정서였을 것이다.

동전의 양면과도 같은 기쁨과 슬픔을 느끼며 우리는 스스로 살아 있음을 확인한다. 인간의 삶을 그대로 투영하는 예술도 감정의 희비가 엇갈리며 서사가 만들어지고, 사람들은 그 불완전한 감정의 균열에 공감하며 울고 웃는다. 비애와 환희의 연속인, 정리되지 못한 감정들이 뒤섞인 채 흘러가는 게 우리의 삶이고 또 그 개인들의 삶 자체가 예술 작품이기도 하다.

우리 인생에서도 스스로를 절망 끝으로 밀어 넣기도 하고, 동시에 말할 수 없는 기쁨을 누리게 하는 것이 한 가지씩은 있을 것이다. 각자가 인생이라는 예술 작품 속의 주인공이지만 움켜쥐고 싶은 무언가로부터 한 발짝 물러나 묵묵히 주어진 상황을 감내해 가야 할 때가 있다. 춤을 포기해야 한다는, 나에겐 사형 선고와도 같았던 진단을 여러 번 겪으며 뒤늦게 알게 된 경험 많은 발레리나의 작은 생각이다.

소중한 때를 누리기 위해서는 누구에게나 인내와 지혜가 필요하다. 자기의 때를 위해 오랜 시간 기다리는 나무와 동물 그리고 넓은 자연처럼, 자연의 호흡으로 자연의 흐름과 템포를 받아들이는 지혜가 필요하다는 생각이 드는 요즘이다.

"자연의 호흡으로 자연의 흐름과 템포를 표현하는 것, 자연을 보고 받은 영감들의 결정체가 클래식 예술인 듯하다. 예술이 자연에서 태어나 사람을 거쳐 사람과 사람 사이를 연결해 주듯이, 하늘과 땅 그리고 바다와 산처럼 우리를 감싸고 있는 모든 자연과 사람은 삶을 예술로 만들었고, 그것이 저 혼자만의 것이 아니라고 말해 준다. 자연의 일부 속에 삶의 순환도 인연도 모든 것이 함께한다는 생각이 나에겐 언제나 내일을 기대하게끔 한다."

– 2020년 정동극장 개관 50주년 공연 〈김주원의 사군자: 생의 계절〉 프로그램 북에 쓴 김주원의 글 중에서.

자발적 '추방된 자'

나의 아주 오래된 이상한 습관 중 하나는, 내가 안전하거나 게을러진다고 판단되면 내 몸을 다시 길을 찾아야 하는 새로운 미로로 내던지는 것이다.

나는 편안함이 불편하다. 안전해서 게을러지는 순간 고된 미로를 찾는다. 어쩔 수 없는 천성이다. 치열하게 열심히 살아야 하루를 잘 살아냈다는 안도감이 든다.

한때는 기회가 있으면 무리 속으로 들어가 그들을 보호색 삼아 뉘엿뉘엿 살고 싶다고 생각했던 적도 있다. 하지만 나의 빛깔이 주변에 동화되어 빛을 잃어간다는 느낌이 들 때면 안주하는 대신 어디로든 흘러가며 모험을 하기로 한다.

볼쇼이 발레학교에서 꿈을 꾸던 15세 소녀 시절부터 지금까지 나는, 리처드 바크의 『갈매기의 꿈』 속 조너선 리빙스턴의 비상을 동경하고 여전히 그것을 소망한다. 그럼에도 '날아올라야 하는가, 그렇다면 어디로 언제 어떻게 비상해야 하는가?'와 같은 의문에 날갯짓을 주저하기도 했었다.

"한계를 벗고 나와야 새로운 삶을 펼칠 수 있다."는 말은 일상을 살아가는 우리에게 버겁게 다가온다. 조너선은 '한계라는 건 존재하지 않는다.'는 것을 스스로 깨우쳤다. 그는 무리에서 추방되었다. 현실에 안주하길 원했던 무리에서 쫓겨난 덕분에 비로소 한계를 무너뜨릴 수 있었다. 익숙한 습관에서 벗어난 것이 한계를 뛰어넘는 시작점이 된 것이다.

나는 실패에 대한 두려움이 크지 않은 편이다. 호기심이 많은 데다 궁금한 것은 경험해 봐야 하는 타입인데 실패에 대한 두려움이 크지 않으니 도전을 계속할 수 있었던 것 같다.

러시아 유학을 결정했을 때도, 국립발레단을 퇴단했을 때도 특별한 계획이 있었던 게 아니다. 후회를 남기고 싶지 않았고, 그 상황에서 내가 할 수 있는 최선의 선택을 한 것이다.

평생 후회할 미련을 남기는 것보다 실패하더라도 해보는 게 낫다. 실패는 도전의 부산물이지만, 도전은 예상치 못한 가능성을 포함하고 있다. 그 가능성은 새로운 기회일 수도 있고 또 다른 길일 수도 있다. 내가 다른 장르에 도전할 때마다 주변에서는 걱정 어린 시선을 보냈다. 실패하게 되면 지금까지 쌓아온 커리어에 흠

이 날 텐데 왜 무모한 선택을 하느냐고 묻는 사람도 있었다.

사람들은 모두 실패를 두려워한다. 나도 마찬가지다. 그런데 새로운 장르에 도전하는 초심자에게 실패는 없다. 흉이 질 명예도 없고 무너질 커리어도 없다. 그러니 새로운 장르에 몸을 던질 때마다 공부한다는 생각으로 시작하면 되는 거다. 완벽하지 못했더라도 도전한 것만으로, 최선을 다한 것만으로도 후회가 없도록 말이다.

발레리나로 춤춰 온 35여 년의 삶이 익숙해졌다는 생각이 들 때면, 나는 자발적으로 '추방된 자'가 되고자 한다. 앞으로 얼마만큼의 껍데기를 깨야 하는지 알지 못할뿐더러 새로운 세계에서의 내 가능성이 얼마나 될지는 가늠하기도 어렵다. 어디쯤을 날고 있는지도 모르겠다.

하지만 꿈을 꿀수록, 날갯짓을 할수록 더 멀리 나갈

것이라는 생각은 분명하다. 한번 시작한 날갯짓과 무

한한 꿈 덕분에 드넓은 창공을 바라볼 수 있을 것이다.

그래서 오늘도 나는 연습실에서 힘찬 날갯짓을 한다.

함께하는 꿈

절대적으로 우리는 자신이 좋아하는 일을 찾아야 하고, 해야 한다. 기왕이면 우리의 아이들이 어렸을 때 다양한 경험을 쌓아 자신이 무엇을 좋아하는지 알았으면 좋겠고, 하다가 안 맞는 것 같아 중간에 그만두더라도 괜찮을 나이에 경험했으면 좋겠다.

나는 춤추기를 좋아하는구나, 나는 그림 그리는 것을 좋아하는구나, 나는 글쓰기를 좋아하는구나, 나는 노래하기를 좋아하는구나 등등. 자기 자신이 무엇을 좋아하는지 또 무엇을 잘하는지 빨리 알아내 어렸을 때부터 재능을 키울 수 있는 환경이면 좋겠다.

그렇다면 나는 꿈을 찾는 사람들에게 어떤 역할을 해 줄 수 있을까. 국립발레단 단원 시절, 아이들에게 발레를 가르쳐보라고 권유했던 건 친언니였다. 무대에 서서는 느낄 수 없는 새로운 감정들을 느끼게 될 거라고 했다. 아이들을 더 깊이 가르칠 생각이 들면 사회복지학을 공부해 문화 사각지대에 놓인 아이들이 처한 환경과 감정에 대한 이해를 높일 필요가 있다고도 조언해 주었다.

20대 후반에 들어설 무렵, 아동·청소년들이 꿈을 실현할 수 있는 환경에서 성장할 수 있도록 돕는 사회 복지 단체와 함께 발레 교실을 열기로 했다. 프로그램을 진행하면서 언니가 왜 내게 아이들에게 발레를 가르쳐보라고 했는지 알 것 같았다. 당시 나는 무대 위에서 관객들과 주고받는 감정만이 위로이자 소통이라 생각했는데, 내가 가진 발레라는 예술을 통해 다른 방법으로도 많은 사람들을 위로하고 소통할 수 있다는 걸 느끼게 됐다.

체계적인 공부가 필요할 것 같아 서울사이버대학교에 입학해 사회복지학이라는 새로운 학문을 공부했다. 나는 아이들에게 발레를 경험하게 해줬지만, 아이들은 내게 인생을 가르쳐주고 새로운 길을 열어줬다. 누군가와 감정을 주고받는 것은 내가 죽을 때까지 해야 할 일이자 하고 싶은 일이라는 생각이 든다.

2022년 문화체육관광부 산하 한국문화예술교육진흥원과 함께 '꿈의 댄스팀'의 홍보대사로서 아이들에게 춤을 교육하고 함께 공연을 올리게 되었다. 나의 바람은 이 교육을 통해, 내가 매 순간 꿈을 꾸는 것처럼 우리의 아이들도 춤을 통해 많은 꿈을 꿀 수 있게 되는 것이었다. 그런데 처음 만난 아이들은 눈을 마주치기도 힘들어하고 자신의 꿈이 무엇인지도 모를 만큼 수줍고 어색해했다. 그러나 음악을 들으며 함께 춤을 추고, 땀을 흘리는 과정들을 통해 당당하게 눈을 마주 보기 시작했고, 자기의 꿈을 이야기하기 시작했다. 그때 만났던 '꿈의 댄스팀' 아이들은 3년 사이에 엄청 많은 성장을 했고, 지금은 자신의 멋진 꿈을 꾸고 있다.

항상 무대 위에서 내 춤에 집중하며 살아온 나에게 춤을 통해 이런 소통을 나눴던 시간들은 아이들에게만큼이나 또 다른 꿈을 꾸게 만들었다. 지금 나의 꿈은 세상 모두가 예술을 통해 꿈을 꾸는 것이다.

예술을 통해 스스로를 찾고 꿈을 꾼다는 것은 자신을 마주하고, 그 힘으로 서로를 마주하고, 다름을 인정하며, 더 큰 세상을 따뜻하게 마주하며 나아갈 수 있다는 것이다. 이러한 변화들이 세상을 따뜻하게 만드는 계기가 될 것이라 믿고, 문화예술 교육을 통해서 그 변화를 이룰 수 있다고 확신한다.

각박하게 기계화되고 엄청나게 빨리 변화해 가는 세상 안에서 우리가 잃고 가면 안 되는 것은 인간애, 도덕성 그리고 꿈을 꾸는 것이지 않을까. 그렇다면 이 엄청난 변화들을 조화롭고, 질서 있게 배려하며, 변할 수 있게 해주는 것은 예술밖에 없다.

'춤'과 '예술'이 우리의 몸과 움직임, 사회에 스며들어 소통의 통로가 되고, 모두가 삶 속의 예술가로서 스스로를 마주하는 건강하고 아름다운 그리고 조화로운 세상이 되기를 희망해 본다.

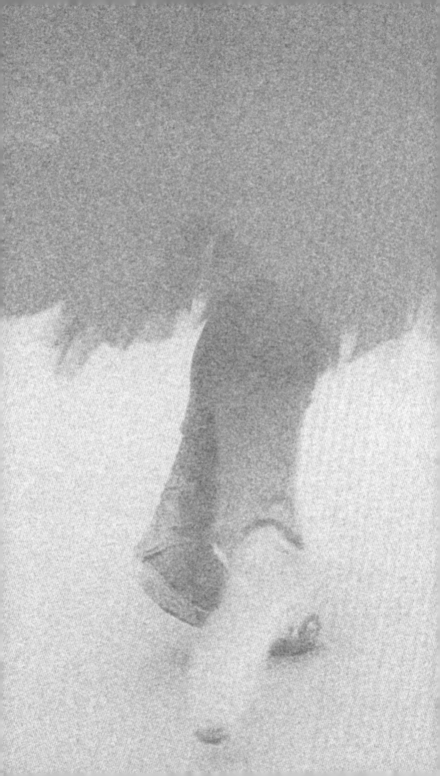

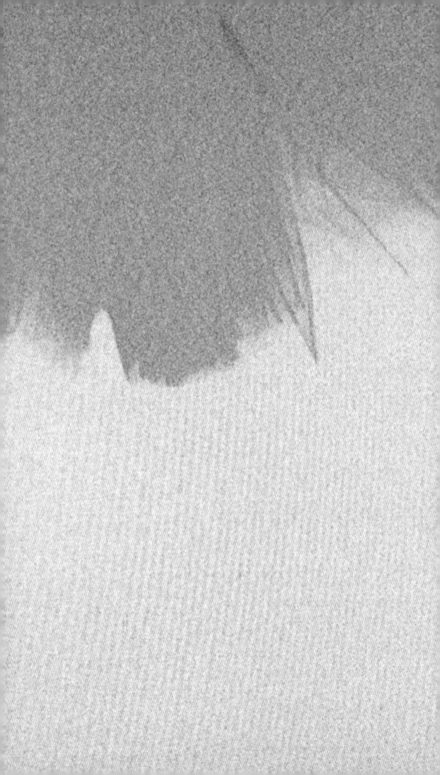

Epilogue ; 은빛 바다

날마다 뉴스에는 가슴 아픈 소식이 배달된다. 힘없는 어린아이들이 희생당하고, 타인의 불행이 곧 나의 삶의 목적인 양 서로를 미워한다. 나와 다르다는 이유로 차별하고, 갖은 핑계를 대며 혐오를 정당화시킨다. 내가 그들에게 경제적인 도움을 주거나 물리적인 보호를 해줄 수는 없다. 할 수 있는 일은 그저 '세상은 살 만한 가치가 있다.'는 것을 반복해서 얘기해 주는 것뿐이다.

지진이나 해일 같은 천재지변이 일어나기 전, 물고기

나 새들은 자연의 미세한 변화를 감지하고 먼저 움직인다. 인간 사회에서 예술가는 그 역할을 해야 한다고 생각한다. 예술가들이 깨어 있어야 사회의 변화를 감지하고 세상에 방향성을 제시할 수 있다고 믿는다. 이러한 생각이 지난 몇 년 동안 내 안에서 고요한 바람처럼 일어나 거대한 파도처럼 나를 덮쳤다.

나는 운 좋게도 자라면서 좋은 어른을 많이 만났다. 발레의 전설로 불리는 무용수들과 안무가들을 만났고, 좋은 선택을 하도록 돕는 선생님들과 선배들을 만났다. 내가 어떤 선택을 하든 정서적으로 나를 응원하고 지지하는 가족과 친구가 있었고, 나의 춤을 진심으로 사랑해 주는 관객들이 있었다. 그들은 내가 옳은 선택을 할 수 있도록 도왔다.

가끔은 힘든 상황을 마주하기도 하고 헤어나오지 못할 것 같은 깊은 수렁에 빠지기도 했지만, 그럴 때마다 좋은 어른들은 나의 선택과 문제를 해결하는 방식이

미래의 나를 만들어가는 것이니 충분히 생각하고 결정하라는 조언과 응원을 아끼지 않았다. 덕분에 나는 조금 더 단단한 어른이 되어가고 있는 것 같다. 그래서 이제는 발레를 통해 세상에 아름답고 좋은 영향을 미치는 사람이 되고 싶은 꿈을 꿔본다.

나는 나를 소개할 때 "발레리나 김주원입니니다." 라고 말한다. 토슈즈를 벗은 후에도 내가 하는 일련의 활동들은 발레리나이기 때문에 할 수 있는 시도임에는 틀림없다. 그런데 이제는 틀을 벗고 조금은 다른 방식으로 나를 정의해 보려 한다.

'발레뿐만 아니라 지금까지의 경험들을 토대로 세상과 진정으로 소통하는 사람'.

요즘의 나는 내가 좋아하는 바다의 파도처럼 잘 흘러가는 사람이 되고 싶다는 생각을 자주 한다. 아무리 잔잔해 보여도 멈춰 있는 바다는 없다. 사람들은 무대 밖의 나에게 종종 "어떻게 살고 싶냐?"고 묻는다. 이제는 명확하게 답할 수 있다.

"저는 쉬지 않고 흘러가는 파도처럼, 멈추거나 고여 있지 않는 예술가로 기억되고 싶습니다. 그리고 세상을 향해 좋은 사람, 아이들에게 좋은 어른이 되고 싶습니다."

어린 시절, 물고기 비늘처럼 반짝이던 은빛 바다를 보며 꿈을 꿨던 것처럼, 어떤 때는 그 눈부신 빛이 나를 향해 내리쬐고 있다고, 내가 은빛 바다라고 생각했던 것처럼 나도 누군가의 바다를 은빛으로 물들이는 삶을 살고 싶다.

나와 마주하는 일

초판 1쇄 발행 2024년 11월 27일

지은이 김주원
펴낸이 안지선

편집 이미선
디자인 다미엘
교정 신정진
마케팅 타인의취향 김경민·김나영·윤여준
경영지원 강미연

펴낸곳 (주)몽스북
출판등록 2018년 10월 22일 제2018-000212호
주소 서울시 강남구 학동로4길15 724
이메일 monsbook33@gmail.com

ISBN 979-11-91401-86-8 03810

mons
(주)몽스북은 생활 철학, 미식, 환경, 디자인, 리빙 등 일상의 의미와
라이프스타일의 가치를 담은 창작물을 소개합니다.